大地长出了翅膀

张鲜明 著

河南文艺出版社
· 郑州 ·

目录

英雄与大地

祖

国

与

梦

想

p1~p52

中国，上场！

我的目光是火柴

一次一次

被飞旋的地球擦亮

我看见

从南半球到北半球，从东方到西方

茫茫人寰

千万亿个梦想你追我赶

人类的世界啊

是一个追梦的大赛场

此刻，到了总决赛的时候

听啊

在东方，在中国，在北京，在人民大会堂

一个伟大的政党

举起了崭新的发令枪

代表一个古老智慧而又顽强的民族

用现代汉语豪迈地宣告：

"中国，上场！"

中国上场，中国在场

我的大中国啊

千百年来

你长期是领跑者

多少个世纪

你是

何等的矫健和雄强

然而，曾几何时

你被列强霸道的腿脚

绊倒，踹伤

你也曾满眼酸泪

把别人的背影凝望

是中国共产党

像补天的女娲那样

帮你扔掉朽烂的胎衣

用骨头

撑起你的天空

用梦想

把你的心灯点亮

如今，我的新中国啊

你是涅槃重生的男儿

颤动着满身岩石般隆起的肌肉

昂首而立

你的骨骼，嘎嘎作响

你的眼睛，扑扑闪光

你的热血，像江海一样澎湃

你的心脏，像打桩机一样轰响

大地

是你的跑道

太阳

是你的徽章

你怀着民族复兴的梦想

飞奔着

追赶着

把中国队的旗帜

高高地插在

人类文明第一梯队的领奖台上

当决赛的哨声吹响

在中国

耀眼的信号弹

砰的一声把天空照亮

那亮度，那音量

绝对是震惊世界的炮仗

这就注定了，接下来的比赛

一定是空前的精彩和非同凡响

来吧，跨栏

让一艘又一艘国产航母上场

有了这粗壮的腿

咱就能跨过山一样高的栏杆

踏平峭壁一样陡的恶浪

来吧，越野

咱们的"复兴号"列车

正好派上用场

以它的时速

领跑世界绰绰有余

再加上量子计算机

就能把中国速度

准确计量

来吧，跳高

墨子号量子科学实验卫星

新一代载人飞船、空间站和货运飞船

与不断飞升的卫星一起

合成飞翔的撑竿

正可以把中国身影

高高地举到

无人能及的天上

如果还不尽兴

来吧，加一场水上搏击

从远海码头出发

从粤港澳大湾区出发

赛场设在四大洋

比潜泳

咱们有探海的"蛟龙"

比蝶泳

咱们的中华神盾和 055 大驱

嗨嗨，足以吸引
世界的目光

这是决定前途和命运的大比拼
发令枪
一次又一次击发
冲锋号
一声比一声嘹亮
咱们的大中国
撸起袖子，甩开臂膀
奔跑
起跳
翱翔
朝着太阳的方向
一飞冲天
不可阻挡

现代，中国！

主题曲　一条路，像巨龙那样

太阳升起来了

太阳升起来了

我的魂儿

踏着光的滑板

在茫茫寰宇

弹跳

滑翔

地球宛若一滴温热的泪

闪耀着

蓝宝石般的光芒

此刻，我向着北半球，向着东方

痴痴凝望

聚焦在那一块

像雄鸡一样

昂首挺胸的热土之上

这就是我的祖国啊

我看见

数不清的梦想

像春天的地气一样蒸腾

像夏日的禾苗一样生长

这些梦

与飞洒的汗水、奔涌的血浆

和重重叠叠的脚印

合成一条金色的大路

这条路

像巨龙那样

从大地深处抬起头来

向着人类现代文明的太阳

狂奔

跨越

飞翔

这条路

如同高可齐天的旗帜

赫然书写着

科学、民主、和谐

自由、美丽、富强

听啊

建设中国式现代化的动员令

如嘹亮的冲锋号

在中国人民的心头

訇然作响

此刻，一条路

正穿越时空迤逦而来

像滚滚滔滔的黄河

如奔腾不息的长江

更似一道通天彻地的金光

把中国，把世界，把人类的前途

豁然照亮

这条路

是穿过沉沉黑夜

蹚着血水、泪水和汗水

一步一步

走过来的啊

那时候

天是黑的

大清王朝蜷缩在金銮殿里

全然不闻地球另一端

蒸汽机和内燃机的轰鸣

以及电报和电话的脆响

那时候

地是暗的

中华大地像皱巴巴的桑叶

爬满了肥胖而贪婪的蛀虫

狂吃着它的

还有白蚁似的列强

利炮

是他们的牙齿

坚船

是他们的魔掌

伴随着凄厉的枪炮声

和圆明园冲天的火光

一次次割地

一次次赔款

鲜血淋淋的中华民族

被逼到了

亡国灭种的悬崖边上

中国向何处去

中华民族路在何方

"起来，起来，起来！"

"救亡，救亡！ 救亡！"

仁人志士拍案而起

太平天国

洋务运动

戊戌变法

义和团运动与清末新政

一次次反抗

掀起滔天巨浪

一拨拨改良

试图扶起大厦的危墙

只可惜

找不到正确的道路和方向

缺乏现代思想的武装

没能动员起人民的力量

所有的热血与激情

只能是

盲人瞎马般的骚动

一切的摸索和尝试

竟成了

邯郸学步的花样

既然清王朝衰朽的残躯

已经承载不了中华民族的魂魄

那么，不如用革命的枪炮

为它送葬

中华民族需要崭新的身躯

和内燃机一样

功率巨大的现代化心脏

辛亥年

武昌城头的枪声

宣告了清王朝的灭亡

代表不同势力的人物

你方唱罢我登场

君主立宪、议会制、多党制、总统制

各种各样的主义

形形色色的名堂

是他们开出的救世药方

这一切

最终都化作泡影

苍天啊

难道有着五千年文明史

领跑世界上千年的巍巍华夏

就要像一枚腐烂的果子

无声地凋亡？

刻骨的创痛

使沉睡的东方巨龙醒来

最早觉醒的

是中华民族的优秀儿郎

这是一群

最具现代精神的寻路者

他们的眼睛

像鹰隼一样明澈

他们的头颅

如雄狮一般高昂

他们东奔西走

他们过海漂洋

他们举起思想的望远镜

向着现代文明的远方

瞭望，瞭望

他们追寻着人类现代化的脚步

感受着工业革命的能量

他们传感器一样敏感的神经

检测到民主革命的浪潮

正像大地深处涌动的岩浆

寻路者们

像暴风雨来临时的海燕那样

呼唤着一场

改天换地的革命

为中华民族

探寻

救亡之路和复兴的方向

一九二一年七月那个红霞满天的早上

一群马列主义的中国信徒

在东海边上

举起信仰的拳头

用中华民族最红最纯的血红素

与人类现代文明最先进的基因

聚合成

一轮崭新的太阳

这就是

伟大的中国共产党

共产党，像太阳，照到哪里哪里亮

中国共产党啊

你是大地之子

是中华民族全部的希望

这一刻

开天的盘古，造人的女娲

移山的愚公，填海的精卫

还有筚路蓝缕拓土开疆的炎黄

全都醒来了

向着这一轮

冉冉升起的崭新的太阳

投去

欣慰而赞许的目光

列祖列宗们的精魂啊

伴随着血脉中江河般的轰响

将中华民族的禀赋

和生生不息的奥秘大声宣讲——

正义、勇敢、智慧

仁义、慈悲、善良

中国共产党啊

你听懂了

于是，中华民族伟大复兴的重担

就历史性地放在了你的肩上

你像昆仑山一样

站起身

你像太行山一样

挺起胸膛

你饱蘸着自己的血和汗

把中华民族伟大复兴的蓝图

浓墨重彩地描画在

中国大地之上

这条路

为中华儿女指明了方向——

民族独立

人民解放

引领人类走向

自由解放和大同的曙光

这条路

拥有坚强的意志和无穷的能量

它站起来

紧跟着领路人——中国共产党

从上海望志路上的红楼出发

穿过南昌城头的硝烟

走上井冈山

一路翻山越岭

到延安

到北京

用穿着草鞋的脚底板

把中国的每一寸土地丈量

这条路

唤起全体中国人民

以及中华大地上全部的生灵和精灵

每一把泥土都攥起反抗的拳头

每一粒种子都像子弹一样轰响

每一株树都变成挺立的巨炮

每一棵草都化作短剑和长枪

赶走日本侵略者

推翻三座大山

崭新的中国

如涅槃重生的凤凰

飞翔在

现代世界的蓝天之上

这条路

在新中国明亮的天空下

扭起秧歌

身段越来越优美

脚步越走越欢畅

走成了一支七彩神笔

用三十年时间

在中国洁白如纸的大地上

描画出

星辰般闪光的一座座现代城镇

山脉般绵延无尽的现代化工厂

还有蛛网般纵横交织的公路铁路

和无数开满鲜花的生机盎然的村庄

两弹一星

是中国人民

点燃的惊天炮仗

向整个宇宙自豪地宣讲：
"夸父的子孙，嫦娥的传人，
他们的梦想，
原本就在高高的天上！"

这条路
走啊走啊
走成了活泼泼的生命体
中国共产党
就是它的大脑和心脏
这条路
拥有独特的判断力
和不可估量的创新力量
它像树根一样
深深地
扎在中华大地之中
它的血脉
连接着每一个中华儿女的心房
它一边走一边将
人类现代化的目标细细打量
在接下来的四十多年里
改革
开放
调整脚步，校准方向
让站起来的中国人民
跃上

富起来的台阶

又飞到

强起来的高地之上

把我们的大中国

高高地举到

世界舞台的中央

当新长征的冲锋号吹响

咱们的大中国

怀揣路线图，手持接力棒

向着人类现代化的地平线

迈开彩虹般的步伐

选定最佳方向

开辟新的路径

世界

向它挥动致敬的臂膀

四大洋

在为它加油

五湖四海

在为它鼓掌

变奏曲　我们走在大路上

十四亿人的脚步动地惊天

我是一抹热辣辣的目光
追随着
巨龙似的大路
奔跑在
现代中国的大地之上
啊，我的祖国
多么美丽而富饶的地方
插根筷子都能发芽
两根裤带放在一起就能生娃
生长，生长，生长
万物在生长
人口在生长
在这生生不息的大地上
回荡着
江河一样隆隆的脚步声
舞动着
参天大树一样向上的臂膀
从城市到村庄
数不清的花朵似的脸庞

焕发出

温暖而明亮的光芒

这浩瀚如海的人群啊

有一个共同的名字——人民

这是何等庞大的体量

十四亿人手拉手

可以围绕地球五十多圈

十四亿张嘴巴连在一起

想想吧

那是何等惊人的

像马里亚纳海沟一样大的口腔

喂饱它

需要多少只

比喜马拉雅山还要大的碗

十四亿人的呼吸和心跳

正像飓风般

发出惊天动地的呐喊：

"俺要，有饭吃有衣穿！

俺要，幼有所育，学有所教，

劳有所得，病有所医，

老有所养，住有所居，

能够就业，享有自由，

获得做人的一切尊严！"

谁可以担起这样的重担？

谁能将十四亿人动员起来

一起走向

中华民族伟大复兴的明天?

啊，是中国共产党

挺身而出

以地球为肩

以地平线为扁担

担起山川大地

担起中国人民美好生活的梦想

之所以有如此的情怀和担当

是因为

每一个中国共产党人

都是人民的一员

就像河水最了解河流的意志与走向

根植于人民之中的中国共产党

深知人民的所思所盼所想

从一开始

就把让人民过上好日子

当作使命和担当

在中华民族伟大复兴的道路上

确定了

以人民为中心的指导思想

选定了

符合中国国情的社会主义方向

方向就是信仰

信仰是最具魔力的指挥棒

没有信仰和方向

再多的人也不过是散沙一盘

有了信仰和方向

人就成了人民

人民

聚起来是海

站起来是山

此刻

十四亿人民

齐刷刷排列在新时代的广场

这广场

是现代化的课堂

是新长征队伍的训练场

坚持红色理想

训练科学思维

提高创新能力

一个全面发展的现代化民族

巍然屹立在世界的东方

看啊

每一个队列的最前方

都站立着一位领跑者

这就是中国共产党

他绷紧身上的每一块肌肉

双目紧盯前方，手中战旗飘扬

人民有信仰

民族有希望

国家有力量

新长征的领跑者
就这样
一手举着信仰的旗帜
一手紧握能量棒
为十四亿现代化大军
引路导航

出发，出发，出发
新长征的队伍
目光清澈而高远
神情现代，衣衫光鲜
飞扬的脚步
动地惊天
十四亿人
曾经实现了全面小康
如今又向着中等发达国家的目标
高歌向前
看啊，中国
正在引领人类近五分之一的人口
大步走向现代化的春天
这是一个
改写人类现代化史的事件
连地球都惊呆了
四大洋
张开了嘴巴惊叹：
"中国，伟大！"

一个也不能走丢

我是一只耳朵
被巨龙一样的大路引导着
听风
听雨
听中华民族的心跳
听中国人民走向现代化的脚步声
此刻，我所转述的
是一个中国故事
它来自一位扶贫工作队员的
经历和诉说

他是一个山里娃
一圈圈大山
曾经是沉重的锁链
他那被镢头压弯了腰的爹妈
从早到晚
在那巴掌大的土地上
挥汗如雨
就像是一对觅食的蚂蚱
多少次
在上学的路上
他望着苍茫的长天
想象着

在电影和电视里见过的

现代化都市的场景

每当此时

他就掏出课本

对着天空大声诵念

书本是他唯一的翅膀

只有书本

才有可能驮着他飞出大山

可是有一天，他爹红着脸

低声跟他商量：

"娃子，别上学了，

都怨爹妈没本事，

咱家……实在是……拿不出上学的钱。"

他哭了，对爹妈说：

"星期天，我上山采药；

节假日，我出去打工；

学费，我自己解决，

我要上学！　我要上学！"

有一天，他家的院子里

突然来了一群人

后来才知道

是一位大领导到基层调研

半道上

领导让轿车拐了一个弯

他要到山里普通农家去看看

领导的车

正好停靠在他家院墙旁边

一行人

穿过他家低矮的屋檐

在幽暗的屋子里

这里走走，那里看看

领导走进厨屋

看见锅里还在微微冒烟

他掀开锅盖

他要看看

山里百姓吃的是什么饭

啊，是窝窝头

制作这窝窝头的

竟然是泥土般黑黄色的橡子面

他捏了一块

放在嘴里慢慢地咀嚼

两行泪水

倏地挂在腮边

他一把拉住屋主人粗糙的手

哽嗫着问："你们……就吃这个？"

老爹羞红了脸，喉头动了又动

将满肚子的酸水努力下咽

领导向他深深地弓下腰来

情不自禁地发出一声长叹：

"对不起你们啊，

没想到，山里群众的日子，

还这么艰难！"

他转身对随行的干部说：

"这地方实在不适宜生存和发展，

你们要尽快拿出扶贫搬迁的方案。"

围观的村民议论纷纷

总觉着今日所闻和所见

就是一个梦

看着很美

却是那么的缥缈和遥远

没想到

仅仅过了一年多时间

一个移民新村

出现在

大山脚下波光粼粼的水库旁边

纵横交织的水泥路

就像是一个大棋盘

鳞次栉比的小楼

和一座座花木葳蕤的小院

活脱脱一个桃花源

宽阔而平坦的柏油公路

仿佛粗壮的胳膊

拉起村子

呼啸着跑出大山

一所现代化学校建在新村旁边

不收学费

连书本费也由好心人捐献

他和许多山里娃从这里起飞

以书本为翅膀

飞出了大山

学士，硕士，博士

他一路读下来

最后在一座大都市当上了科研人员

他把爹妈接到城里养老

许多年之后

老两口依然会从睡梦中笑醒

恍惚间

仿佛是生活在

一个长长的美梦里面

当他作为一名扶贫工作队员

奔走在脱贫攻坚一线

他知道

他家的变迁

是全面建设小康社会这首交响诗中

一个普普通通的音符

是共同富裕的宏大叙事中

一个平平常常的片段

与他家一样脱贫的人口

全国有

九千八百九十九万

听罢他的讲述

我听见

大地在呐喊：

"让每一寸耕地，

让耕地上的每一株庄稼，

让每一个车间，

让车间里每一台机器和每一个零件，

都像神话中的金鸡，

日夜不停地

下蛋！下蛋！

越来越多的金蛋，

终将把贫富差距缩短。"

我看见

跟我一起长大的乡下伙伴

向我投来心灵的传单

那是他们心里日夜轰鸣的祈愿：

"请尽快

拆掉户籍制度最后几根栅栏，

俺要像鸟儿一样，

自由地

飞翔在祖国的每一块蓝天。

俺想在祖国的每一座城市，

作为市民，

找到可以永久栖息的屋檐；

俺想与城里人一样，

接受教育，选择就业，

平等地获得

公共服务的享有权！"

我的亲人，我的朋友
你的梦，就是我的梦，也是他的梦
更是祖国的梦
在中国式现代化的大道上
谁都不会落下
一个也不能走丢

两个车轮同频飞转

我是飞扬的思绪
像一朵明丽的朝霞
飘荡在现代中国的天际
追寻着中国式现代化的轨迹
我看见
"中国号"高速列车
满载着无数个斑斓多彩的梦
这些梦
凝聚在一起
就是巨大的中国梦
载着中国梦的列车正加足马力
向着 2035 年和 2050 年的地平线
隆隆驶去
看啊
我们的"中国号"

31

是何等的神速而平稳
原来啊，那飞驰的每一组车轮
都安装着强劲的引擎
这车轮
一种叫物质，一种叫精神
啊，多么奇妙——
物质与精神的车轮
竟然像马良手中的神笔
所过之处
幻化出无边的风景

看啊
在物质的车轮经过的地方
一座座城镇
像不断幻化的云霞和霓虹
向着四面八方
膨胀
延伸
更有那雨后春笋般的楼群
眨眼间
已高耸入云
乡村
紧跟着那物质的车轮
在七彩的田野
旋舞，转身
在绿树和鲜花的掩映下

在河流和池塘的波光中

从别墅群的身后

探出头来

展露出旭日一样的面影

物质的车轮

就这样

一路描绘着现代中国的美景

它的身后

映着天光的路轨

如同烈日下的水银柱

中国的 GDP

就在这水银柱上

一路飙升——

从 1978 年的 3679 亿元

到 1986 年的 1 万亿元

到 2000 年的 10 万亿元

再到 2018 年的 91.93 万亿元

这是物质的车轮

经过的一个一个站点

标注的是改革开放四十年

中国经济的发展速度

和走过的历程

而精神的车轮

一刻也不曾懈怠和放松

它深知

"中国号"列车

要实现高速而平稳的运行

就必须

让每一个车轮

都能够源源不断地提供动力

让车轮与车轮

步调一致，同频前行

本来嘛

两手抓两手都要硬

是"中国号"列车的设计师

发出的明确指令

精神的车轮异常兴奋

时刻睁大眼睛

检测体内的每一条线路

上紧身上的每一颗螺丝钉

把自己变成

灵魂的 CT 机和传感器

扫描

"中国号"列车上的每一个灵魂

用真善美的乳汁

把一个个嗷嗷待哺的灵魂喂饱

又一次次穿过文化馆、图书馆和博物馆

那绵长的花径

将迷茫的游魂

引导到知识与信仰的大厅

从送戏下乡舞台上飘来的动人旋律

到思想文化课堂上传来的琅琅书声

正是绵绵不绝的精神之雨

让枯焦的心灵

返青，舒展

变得青翠欲滴一派芳馨

这精神的车轮

是文明的播种机

所过之处

呼啦啦站起一批又一批

全面发展的现代新人

看啊

精神的车轮

唤醒了

来自心灵的

像大海一样取之不尽的动能

这动能

与物质车轮上的动能

交相传导，一齐赋能

牵引着现代中国的列车

在中国式现代化的轨道上

以前所未有的速度

平稳而欢畅地

高歌

前行

对地球母亲说……

我是一口热腾腾的哈气
有一天
我飘进了一个梦里
我看见
一位妇人
她背着比房子还要大的圆形包裹
沿着一条椭圆形走廊
气喘吁吁地走着
一个意念对我说：
"这是你的母亲，她的名字叫地球。
你看她，多么疲惫、困顿和难过。"

这一刻
作为人类，我羞愧不已
扑通一声匍匐在地
发出忏悔的哭泣

我的地球母亲啊
让我
成为一只白天鹅
与天上的环境监测卫星一起
在大气层里
日日夜夜为你巡逻

我愿用全身的羽毛

为你制作口罩

与我们国家的一道道防风林

和安装在每一座烟囱上的吸尘器一起

为你抵挡

风沙和雾霾的侵袭

我要用一切手段

清除

裹在你身上的盔甲似的温室气体

我要抓起洁白的云朵

与物联网、大数据、云计算一起

把天空擦得一碧如洗

早日实现碳达峰、碳中和

让你神清气爽

容光焕发地奔走和呼吸

我还要

为你牵来十万里长风

和满世界的阳光

还有日夜不息的海浪

把它们

转换成风能太阳能和水能

为人类提供

用之不竭的动力

早日放弃

对你血液和骨髓的索取

我的地球母亲啊

让我

成为一只萤火虫

我会像更夫手中的灯笼那样

用通体的光芒守护你

我要动员全部的爬虫、飞虫

和一切生命体

对人类发出最强烈的呼吁

减少农药

减少化肥

解决垃圾围城

治理被污染的土地

咱们都是地球的孩子

所有的生命

都是大自然屋檐下的生命共同体

敬畏自然

尊重自然

顺应自然

保护自然

与自然和谐共生

是包括人类在内的一切生命

最基本的逻辑和伦理

我的地球母亲啊

让我成为一条娃娃鱼

与遍布城乡的水体检测仪一起

走遍

江河湖海、水库、池塘和沟渠

让干涸的泉眼复活

让断流的江河重现清波

让被污染的水体变得清澈

我要替水神和河神

将人类劝说

水

与血一样珍贵

人类啊

当你喝水的时候应该跪下来

像迎接圣物那样

将每一滴水

珍重地

捧起

人类啊

如果你有如此虔诚的心

就不会浪费一滴水

更不会去污染任何一处水体

人类啊

你做到了这些

地球母亲和万物生灵

就会动员江河湖海里的鹅卵石

和所有水体里那星辰般的砂砾

让它们变成

取之不尽的鱼鳖虾蟹

与一滴一滴清水一起

进入你的身体

到那时

人类就会与地球一起

在茫茫宇宙间

天长地久地，快快乐乐地

漫步

漂移

我的地球母亲啊

请原谅

人类曾经的愚昧颟顸和无礼

不要悲伤，不要哭泣

既然我们已经懂得

绿水青山就是金山银山的道理

我们就一定会

在生态文明的殿堂里

将你供奉

与你相依

听啊

我们的大中国

向全人类发出倡议

并率先向全世界做出庄严承诺

在规定的时间里

实现碳达峰

实现碳中和

看啊

我们的大中国

把"美丽中国"的蓝图

描绘在天空、海洋和大地

蓝天保卫战

碧水保卫战

净土保卫战

已经全面打响

每一处山水林田湖草沙

都在得到

精心的保护与治理

我们的绿色循环低碳发展步伐

铿锵有力

我们的大气质量改善速度

全球第一

长江与黄河干流的水质

全都提升到 II 类

内蒙古沙漠

大片大片的绿洲

像奔腾的绿色云霓

一直铺展到遥远的天际

死亡之海罗布泊在粼粼碧波里复活

荡漾起

欢欣鼓舞的涟漪

我的地球母亲啊

有了人与自然和谐共生的愿景

请相信

亿万年之后

我们人类

依然会像婴儿那样

安然而幸福地

躺在你

山青水绿的怀里

和平的哨音欢快地吹响

我是一颗

像地球那样浑圆的心脏

"加油——加油"的欢呼声

以海浪般的节奏

拍打着

我的心房

人类的世界

是一个现代化的大赛场

看啊

从东方的起跑线上

跑过来

一名叫作"中国"的健将

他以旋风般的速度

冲进第一方阵

随即以一个个高超的前滚翻

42

冲进了

大赛场的中央

我的大中国啊

你深知

在赛场上

比拼和竞争是必须的

而竞争的规则是

公平、公开和公正

决不能

像当年闯进家里的强盗那样

用弱者的血肉

填饱自己的肚肠

决不能

像当今某些霸凌者那样

用见不得人的阴招

将紧随其后的竞争者

推倒在一旁

中华民族的血液中

没有称王称霸的基因

却有着像水那样

利万物而不争的善良

中华文明的辞典里

永久地镌刻着

以和为贵、兼济天下、海纳百川

睦邻友好、天下一家

以及世界大同的梦想

中华文明的史册上

丝绸之路

是飘向世界的五彩祥云

为远在异域的人们

送去文明、富足和吉祥

郑和下西洋

在亚非三十多个国家

播下文明和友谊的种子

却不曾占领别国一寸土地

更不曾以任何方式

成为称霸世界的豪强

如今，当十四亿中国人民

以排山倒海的阵势

和火山爆发似的能量

奔跑在

现代化大赛场的中央

每个中国人都相信

地球足够大

跑道足够宽

容得下所有的竞争者

盛得下人类现代化的全部梦想

在这个赛场上

中国队的总领队——中国共产党

站在最高的台阶之上

以太阳般温暖而明亮的目光

把地球这个大赛场

通览，照亮

中国共产党是胸怀全球的

把建设一个什么样的世界

如何建设这个世界

当作自己的使命、责任和担当

不仅要让全体中国人民过上好日子

还始终把

为人类谋进步，为世界谋大同

牢牢地记在心上

所以

当中国共产党作为总领队

大步走在

中国队的最前方

就始终把和平发展的大旗

高高地

举到赛场之上

我们的中国队啊

雄赳赳

气昂昂

既以自己的节奏和步伐

自信地

奔跑在赛场

又以合作共赢的竞赛项目

创新规则，引领时尚

看啊

一带一路

为世界赛场铺设金色跑道

亚投行、丝路基金

以及金砖国家新开发银行

为人类的全体队员

提供充足的能量

高标准自由贸易区网络

为人类跳高

制作出

巨大的撑竿

全球发展倡议和全球安全倡议

更是为中国队赢得了

全人类赞许的掌声

和敬仰的目光

此刻

作为中国队的一员

我用鼓点般的心音

对每一位竞赛者大声宣讲：

"不论你的皮肤

是白是黑是棕还是黄，

都是我的亲人。

不论你是谁，

不论你来自何方，

当你

跳出新的高度，跑出新的速度，

我都会为你热烈鼓掌!

当你

打破旧的纪录，创下新的纪录，

我都会跟你一起歌唱!"

听啊

和平竞争的哨声欢快地吹响

这哨声

来自我的祖国和中国共产党

整个地球，整个宇宙

既是竞技的赛场

又是载歌载舞的广场

来吧

鼓掌，鼓掌，鼓掌

来吧

欢唱，欢唱，欢唱

发展的舞台

天高地阔

和平的浪潮

不可阻挡

畅想曲　那条路，是展开的画轴

世界

安静下来

就像是春天黎明时分的田园

我一不小心

超越时间

追上了 2035 年的身影

踏上了 2050 年的地平线

再看那条巨龙似的大路

它是展开的画轴

在现实与超现实之间

徐徐铺展

那条路

飞翔在蓝天

它头戴星云的冠冕

在无数颗卫星、一艘艘宇宙飞船

和航天飞机的簇拥下

飞过

咱们自己的空间站

以月球为跳板

在茫茫宇宙间

巡游

问天

那条路

继续在大地上疾走

它以不可思议的智慧和魔力

绕开了

一个一个陷阱

破解了

一个一个魔咒

一支拥有十四亿人的新长征队伍

长缨在手

闯过一个一个娄山关

冲过一个一个腊子口

在人类现代化高高的楼头

捧起一轮

文明新形态的旭日

现代文明鲜红的太阳

照耀中国

照遍全球

照亮每一个中国人

那花儿似的笑脸

和春风一样舒展的眉头

那条路

在大海上遨游

它如同最现代化的科考船

抚摸着

祖国的每一段海床

和每一条海沟

它像一艘艘最先进的潜艇

和最强大的航母

日夜睁大警惕的眼睛

把每一寸海疆

紧紧守护

大海

也将打开龙宫

献上

沙子一样多的水产和珍宝

捧出

海浪般汹涌澎湃的石油

为中国助力

为人类加油

从畅想的天空

回到现实的路口

我看见

天上的路、地上的路和海上的路

正在合成一根

连天接地的纤绳

你来了，我来了，他来了

十四亿人都来了

紧跟中国共产党

埋下头来，纤绳在肩

祖国啊

我们为您拉纤

中国式现代化的太阳

高悬于天

人类文明新形态的画卷

就在眼前

让我们

与全人类一起大喊：

"中国，现代！ 现代，中国！"

走向幸福

走向自由

走向

中华民族伟大复兴的峰巅

走向

世界大同的

美好明天

节

日

与

母

亲

p53~p94

奔跑的红箭头
——为红军长征胜利纪念日而作

那时候，天是黑的
黑得像铁锅倒扣
那时候，世界是冷的
冷得像巨大的冰块让人发抖
那时候，穷人没有活路
当牛做马抬不起头
那时候，鬼子来了
中华民族到了最危险的时候
那时候，有一双铁桶般的黑手
要掐灭民族解放的火种
要扼断苏维埃政权的咽喉

只要骨头还在
就会撑起不屈的脊梁
血依然热着
定会发出惊天的怒吼

起来，起来，起来哟

起来的

是无数山岗般高昂的头颅

起来的

还有不愿趴伏的野花野草

和已经醒来的

翠竹和绿树

奔走，奔走，奔走啊

奔走的

是一支支火把般闪耀的红军队伍

奔走的

还有五彩云霞

和滚滚滔滔的河流

出发，出发

从瑞金出发

从大别山出发

从川陕革命根据地出发

从湘鄂西的万山丛中出发

镰刀锤头引路

红五星，草鞋，八角帽

凝聚成一支支雄壮的红色箭头

在牵肠挂肚的歌声中

在八月桂花的芬芳里

我们的红军队伍啊

把老乡们滚烫的叮咛
揣在心头
把民族解放和穷人翻身的信念
刻在心头
北上，北上
奔向那灿烂的北斗

走啊，向前走
雪山挡不住怀揣火种的队伍
走啊，向前走
草地绊不倒追逐太阳的脚步
走啊，向前走
有北斗照耀
没有跨不过的大渡河与金沙江
走啊，向前走
有党旗在前
没有攻不克的娄山关和腊子口

会师了
扭起欢快的秧歌
胜利了
敲起庆祝的锣鼓
这一支奔走了两万五千里的队伍
是一条血一样的红丝线
在中国大地上盘桓
如射雕的弯弓

向着自由和解放的天空

飞出无数个红色箭头

驱逐日寇

推翻专制

天晴了

翻身了

那鲜血凝成的箭头啊

如同红色的太阳

从东方的地平线上

高高地，高高地

举起了一个伟大的民族

如今，这红色的箭头

依然在走

它拉起我们的中华民族

朝着中国梦的方向

以高速列车的速度

奔走

奔走

奔走

走啊，走起来

这是永无尽头的新的长征

我们脚下

是一条像阳光一样明亮的

长长的宽宽的

大路

想起了大刀
——为中国人民抗日战争胜利纪念日而作

那些钢，那些铁

曾经是榔头、斧头、铁镐

曾经是锄头、镢头、犁耙、镰刀

曾经是饭锅、铲子、菜刀

曾经是灯盏、牛铃、门链条

它们曾经以各种各样的形式

跟我的爷爷奶奶一起

在故乡的土地上

和蔼而平静地

生活着

当然，这些钢铁

也会做梦，譬如梦见自己

变成火车、汽车、飞机、轮船

在飞

在跑

可是万万没有料到

有这么一天

它们不得不咬牙切齿地

站立起来

叮叮当当地哭泣着

变形，变形

变成

亮铮铮的

杀人的

大刀

这是被逼的啊

鬼子来了

日本鬼子把疯狂的钢铁

变成了飞机、炸弹、军舰、坦克、大炮

变成了机枪、步枪、手枪、手雷

变成了滴血的刺刀和东洋刀

就像魔鬼驱赶着吃人的狼虫虎豹

鬼子们驱赶着杀人的钢铁

怀着比钢铁还要冷硬的心

来了，来了

他们杀人，他们放火

他们奸淫，他们掳掠

他们的刀尖上

挑着从中国母亲腹中剖出的婴儿

发出魔鬼般的狂笑

60

大地跳起

石头哭泣

它们在冲天大火中

凝成钢，聚成铁

与醒来的斧头、铁锤一起

与愤怒的锅碗瓢盆一起

拍案而起

挺身而立

一切都是那样的突然

我们那些刚刚醒来的钢铁啊

来不及变成飞机军舰

来不及变成坦克大炮

那么，来吧

先变成大刀

变成与树木一样挺直的大刀

变成与庄稼一样稠密的大刀

野火一样蔓延着的大刀啊

江河一样奔涌着的大刀啊

一旦被复仇的心灵提起

就成了

最致命的武器

它生出了上帝一样的眼睛

它长出了紧追不舍的双腿

61

无数的冤魂为它引路

四万万颗心脏为它助力

它们

看准了敌人

追击，追击，死命地追击

大刀杀声震天

它呼喊着

向鬼子们的头上砍去

小鬼子啊

你的脖子也是肉长的

看你能跑到哪里去

我们的大刀啊

不仅砍掉了无数鬼子的脑袋

并最终把不可一世的东洋刀

砍落在地

时间的风

翻过了那映着刀光和血光的史页

而我们的大刀

在《义勇军进行曲》

和《大刀进行曲》的旋律中

依然醒着

它知道

那跪下的东洋刀啊

并未被真正地收起

它依然被深藏在

某些人

泥潭般黑暗而腐臭的心底

所以，我们的大刀

就必须时刻站立

而且更加锋利

此刻，你站在领奖台上
——为中华英雄少年群体而作

你一路走来

像禾苗顶着露珠

像小树在风中歌唱

像溪流从源头汩汩流淌

像地平线上那一轮初升的太阳

你咯咯咯地笑着

蹦蹦跳跳地

走到了

领奖台上

看啊，这万众瞩目的领奖台

多么像母亲暖烘烘的手掌

多么像老师亮汪汪的目光

是的，这一刻

整个中国，无数的眼睛

都在把你

深情地凝望

孩子啊

要记住，这是咱们的祖国

在为你颁奖

孩子啊

要懂得，这是中华民族

把你紧紧地

捧在心窝上

孩子啊，你是当之无愧的

为了这一刻

你走了多远的路啊

每天，你都是跟太阳一同起床

不，你比太阳起得还早

你把月亮当作胸章

你把星星扛在肩上

你知道，人生就是一次壮丽的出征

为了把路走好

每一个清晨

你都以蓝天和太阳为镜

把第一粒扣子

端端正正地

扣上

你出发了

母亲在家乡的屋檐下

透过起伏的麦浪

把你的背影

久久地

凝望

父亲在异乡的脚手架上

托付白云，向你投来

瞩望的目光

你走，大步走

走向课堂

走向远方

走在天空一样高远的人生路上

孩子啊

在你出发的地方

大地

像母亲那样在对你宣讲：

"是种子，

哪怕是在石缝里，

也要生长，也要向上；

是花朵，

纵然是在最低的山谷，

也要寻找阳光，也要粲然绽放。"

孩子啊

在你人生的起跑线上

列祖列宗的话语

像血液那样日夜轰响：

"人啊，就像树木，

要想成材，就必须一辈子
正直，善良，向上，
永不停息地追逐阳光。"

孩子啊，懂事的孩子啊
你听懂了
你懂得
少年智，则中国智
少年强，则中国强
你知道
你的肩头
担负着民族复兴的希望
于是，你的脚步
才走得如此的端正、坚实而铿锵
走成科学小院士
走成环保小卫士
走成残疾同学的双腿
走成孤寡老人的拐杖
走成新时代脑力偶像
走成传承中华优秀文化的榜样
即便是弃儿
也要为人间播洒阳光
即便是脑瘫
也能为祖国夺得金奖
身患重症
照样追逐着梦想

身陷困境

依然阳光而自强

此刻，你站在高高的领奖台上

就像站在

崭新的起跑线上

你的目光

与你的灵魂一起飞翔

看啊，在你的头顶

天空

多么高远，多么晴朗

看啊，在你的脚下

前途

何等广阔，何等坦荡

孩子啊

是大鹏，你就飞吧

来他个一飞冲天

是骏马，你就跑吧

就像狂飙那样

母亲还乡记（组诗）
——献给母亲节

回家

"妈，我送你回家……"
妈，你一声不吭
我知道，此时你已经是
一声听不见的叹息
在车顶上，在天窗那儿
眼泪汪汪地
瞅着我

前几天，你像梦游症患者那样
走出家门
我问你要到哪里去
你说："我要回家！"

"家在哪儿？"

"城隍庙啊。"

妈啊，你老得忘记了整个世界

你甚至叫不出儿子的名字

可你那萎缩的大脑

就像所剩不多的牙齿

依然紧紧地咬着

故乡的村名

妈，我送你回家

送你回家

经许平南高速公路，到邓州，到夏集

向北，经岗上，过邓营，到大王集

向东北，过严陵河

这村庄，这路，这河

你闭着眼都摸得到

此时，它们从夜色里，从庄稼背后

急匆匆地

朝你跑过来

还有那么多老乡

他们在村庄里，在田野上

像树木和庄稼那样等你

他们都等成了影子

此时，只有你看得到他们吧

他们也许就是那

无边无际的油菜花

奔涌在路的两旁
以花朵的手势，以只有你听得见的声音
吆喝着
跟你打招呼

妈，这就是城隍庙村
路变了，房子也变了
变得认不出来了
妈，不急，咱们慢慢走
找咱的老宅子
找你的责任田
找你生前喜欢的那片
涌着清泉
长满绿草
没有一点污染的土地

妈，到家了
咱到家了

妈，你可要记住路

妈，时辰到了
我
送你

星星亮着，村子黑着

鸡不叫，狗不咬

来吧，妈

你就趴在我的脊梁上

你只管用脚蹬住我背后的双手

没事儿，妈，灵魂才有多重呢

压不坏儿子的

站稳了

咱走

空气里到处都是你的影子

路上都是你的脚印和汗滴

这使我的脚步磕磕绊绊

没事儿，妈，我会像

穿过玉米地那样

慢慢地

走

妈，要过桥了

听人说，灵魂怕水

你一辈子

蹚过多少河流，走过多少沟壑

我记得你常说：

"只要脚步端，鬼神都靠边！"

妈，抓牢我的肩膀

咱们过河

72

哎呀，鸡叫了
不能再送你了
妈，你可要记住路
想我了
你就沿着这条路
回来，回来
你回来的时候
提前在梦中捎信给我
我会带着天上所有的星星
在这河边的十字路口
等你
等你

看到了时间

妈，你让我
看到了时间

在我的记忆里
妈，你的腿脚简直就是风火轮
迅疾
而不知疲倦
它翻山，它越岭，它蹚河，它过涧
它走过多少路，它爬过多少坎

我曾经坚信

你的脚

可以踏平这个世界

你的腿

可以跨越整个人间

我还曾经相信

你的腿脚始终冲在时间的前面

可是，有一天

妈，你的一个趔趄

使我发现

你竟然被戴上了

沉重的脚镣

你愤怒地捶打自己的腿脚

骂它不争气

妈啊，这不能怪它

我亲眼看见

时间

是一条黑色的裹脚布

在咱家屋檐下的黑影里

探头探脑

事情还没完

妈，有一天

你那一双

曾经一眼望穿二十里的眼

突然看不清手里的针线

74

妈，有一天

你说，你听不清我跟你说的话

只看见我的嘴巴在动弹

妈，你愣了许久

突然

对着镜子

大骂你的眼睛、耳朵、嘴巴

还有你的脑袋

骂它们

在一夜之间将你背叛

要知道

当年，你耳聪，你目明，你伶牙俐齿

你转眼就是见识

那时候，你的五官和大脑

是那样从容而自在地

与这个世界周旋

妈，我跟你说

背叛你的

不是大脑，不是五官

而是时间

那家伙

像无耻的大烟鬼

把人的精气神

一口一口吞咽

妈，你争强好胜了一辈子

不曾委屈自己

也从不受人欺负

所以，在你九十一岁的某一天

当你看到

时间是一个黑洞

是那样的无聊和难缠

你淡淡一笑

把你那用旧了的躯壳

视作无用的衣衫

潇洒地

扔给了时间

妈，我想知道

时间把你带到哪儿去了

我还想知道

当你摆脱时间再次回到人间

会是什么模样

又是怎样一身漂亮的打扮

妈，你让我

恨透了时间

母亲的坟茔

妈，这个开满鲜花的土堆

不只是你的坟茔
它是
你戴着顶针的手指
为我的灵魂
在宇宙间标注的那个坐标

从此，我的世界
有了一个中心

从此，我就是一个
被那根手指紧紧牵着的风筝

与老赛跑：想象一场人生情景剧
——献给老人节

五十岁生日那天
一个虚虚的淡淡的影子
出现在我家的屋檐下
我问它："你是谁？"
它答道："我是老，我在这里等你。"
我哈哈一笑，根本没把它当回事儿
打着梆子，迈开大步
上班去了

六十岁生日那天
我在收拾得干干净净的办公室里
静静地坐了半天
那个叫作"老"的影子
颜色渐深，它站在一个角落里
像值班的门卫那样
淡然地看着我

我忙着盘算后半生要干的事情
所以，根本顾不上跟它说话
当我交了办公室的钥匙
笑着跟同事们挥挥手
脚步轻快地走出单位大院
没注意到那个影子是否在跟着我
我只是看见
微微偏西的太阳
正亮晃晃热辣辣地
走在天上

七十岁生日那天
我在山间的一个小院里
坐在满窗的阳光下
泡上一杯茶
伴着鸟鸣和虫声
读书，写作，吟诗，唱歌
当然，也可能是
躺在户外的靠椅上
一边晒暖儿，一边呆呆地望天
这时候，那个叫作"老"的家伙
竟然大胆地来到我的身边
像小狗那样，哼哼唧唧地
拱我的腿，咬我的裤管
我无心跟它纠缠
我像打太极拳那样

伸一伸腿，挥一挥手
把它轰到一边儿去了

八十岁生日那天
儿孙们嘻嘻哈哈地围着我
给我换上
定制的大红唐装
他们竟然不嫌我啰唆
当然，也可能是为了讨好我
请我给他们办场人生讲座
我抓住这个机会
把我那讲过不知多少遍的人生经历
滔滔不绝地再讲一遍
中间夹杂着
生活哲理，人生感慨
还有一些稀奇古怪的传说
当我偶尔停顿一下，端起水杯的时候
我发现那个叫作"老"的家伙
竟然忘记了自己的使命
正伸着脖子瞪着眼
专心地听着

九十岁生日那天
在我家的阳台上
我看见
世界的背影渐行渐远

我怕这个世界偷偷跑掉

于是就驾起风，从轮椅上

腾空而起，跨上了

正在奔跑的地平线

哈哈，我这个老疯子

已经成仙啦

孩子们啊，对了，还有那个

名叫"老"的家伙

看你们还能不能

找到我

百岁生日那天

我已经弄不清

自己是否还在活着

只知道我是一粒星光

正朝着人间

痴痴地

张望

哦，我感到自己依然是活着的——

我会是一缕风

在夜深人静的时候

悄然穿过熟悉的窗棂

回到我家的客厅

在沙发上坐一会儿，喘喘气，然后起身

从卫生间里找到拖把，悄无声息地

把地板擦洗干净

然后，从一个卧室到另一个卧室

从儿子看起

依次是孙子、重孙、玄孙

我会俯下身去

看他们梦中的笑容

听他们怦怦的心音

然后，放心地一步一步后退

我的脚步比轻风还轻

在离开家门的时候

我会回过头来

用无声的语言对他们说：

"孩子们啊，谢谢你们替我活着——

我是你们的一个前世，

你们是我的

一个又一个来生！"

这时候，我身后

那个步履蹒跚的黑影

像一个失败的捕快

气喘吁吁地对我说：

"唉，追了你一辈子，

到底还是没能抓到你！"

"啊哈，噢——！"

这就是我的回应

我坐在宇宙中央
——为全民阅读日而作

我像一粒
被噪声拍打着的尘埃那样
茫然踟蹰在喧嚣的街市
头昏脑涨，两耳轰响
突然
一块书店的招牌
像一位长衫飘飘的智者
优雅地站在
我的身旁

我大步朝着书店走去
就像朝圣者
奔向神圣的殿堂
啊，多么宁静，多么清爽
扑面而来的
是沁人心脾的书香

顶天立地的书架上
一排排图书
像五颜六色的精灵
围过来
无声地跟我打着招呼
就像久违的老朋友那样

我的眼睛——心灵的手指
弹拨在
书脊的琴弦之上
我以此回应书本的召唤
也是在寻找
倾心交谈的对象
我从书架上抽出一本书来
弛然坐在
书店的一把椅子上
当然，我也可以像左边那个小朋友那样
侧歪着身子
靠着书架
半躺在书店的木头地板上
瞪大眼睛
忘情地翻看手里的书本
满脸都是痴迷的光芒
当然，我还可以像右边那位中年人那样
在咖啡袅袅轻扬的水雾中
正襟危坐在书案旁

84

抚着眼前翻开的书页
陷入深深的冥想
此时，我已经顾不上坐姿
我的身体
扑在面前的木桌之上
我的眼睛
是锥子
深深地扎在眼前的书本上
哎呀，这本书，我早就想读
却一直没有顾上
此刻，我把它捧在手上
就像是夏日里端起一杯冷饮
一口一口
慢慢品尝
哦，又一扇窗户打开了
一股清新的风
掠过心灵的旷野
将我带到
高高的天上

当我坐在书店的一把椅子上
我就不再是一粒尘埃
我是一颗星星
被无边的精神之光
加持着
在阵阵书香中

向上

向上

哦，我坐在

宇宙中央

妈妈，世界好吗？
——为国际地球母亲日而作

妈妈，我听见你热烈的心跳

和温柔的歌声

我知道，你代表人类

向我发出了

真诚的邀请

可是，妈妈，世界好吗？

妈妈，我要问：

天空，是不是像你歌唱的那样

蓝格莹莹

太阳、月亮和星星是不是依然

耀眼、澄澈和光明

云彩是不是依然洁白得

像天堂里的羊群

空气，是不是像我梦见的那样

没有风沙，没有雾霾，没有烟尘

而只有花香、草香、五谷香

还有那树木和泥土的芳馨

大地，是不是依然像从前那样

山川竞秀，万木争荣

池塘，还是清澈的吗？

水井，还在清甜着吗？

村庄还好吗，庄稼还好吗，野花和青草还好吗？

对了，我还要问一问——

能不能听到蛐蛐叫？

能不能捉到萤火虫？

哦，孩子

蓝天

是咱们的房子

大地

是万物的子宫

你看，我们——亿万个妈妈

还有亿万个父亲

正用我们的双手和心灵

把这个世界清理干净

我们一定会

让你喝上最纯净的水

让你品尝到最纯正的奶制品

让你吃上没有农药残留的蔬菜和面粉

让你呼吸不含雾霾的空气

让你在鸟声和虫鸣中

望到原始的蓝天、白云和星星

让你在开满野花的田野上奔跑

让你在清凌凌的溪流里游泳

让你像疯长的野树

在天地间

自由地葱茏

妈妈，你在，爱心就在

妈妈，你在，世界就变得可爱

我相信你说的一切

我梦见了你所说的一切

妈妈，我知道，你用心灵

为我编织着一个洁净的暖巢

妈妈，我知道，你的双手

为我捧起了一个天堂般的世界

世界，多好啊

人间，多好啊

妈妈，我来，我来

让我扑向你那

花朵般的、青草般的、溪流般的

香喷喷的、暖融融的

胸怀

孩子，你来，旭日就来

孩子，你来，花儿就开

我的宝贝儿啊

为了迎接你的到来

我愿每天把天空擦洗一千遍

我的宝贝儿啊

为了看到你的笑靥

我愿用全部的呼吸把鲜花吹开

世界，真好

人间，真好

孩子，快来，快来

太阳在笑，月亮在笑，星星在笑

风儿唱起来，虫儿唱起来

妈妈我，摊开天地

拥你在怀

想象那曾经的上巳节

走吧，妹子
我在城墙上转悠一天了
不是一天，而是三年

还不是为了看你一眼嘛
你看，东门外
柳树绿了，桃花开了
草窠开始变深，黄鹂声声鸣叫
连溱水和洧水
也激动得滚滚滔滔
啊，上巳节
咱们的上巳节已经来到

来了，哥哥
你急个啥呀
我在院墙后头天天望你

咋就没见你的影子
你要是真的想我
就该蹚过河水到我这儿来呀
你是怕河水太凉
还是怕我家的狗太凶
你呀，就别跟我耍花腔了
你要是来晚了
喜欢我的小伙子可是排着队哩

哎呀，别斗嘴了
走哇，快到河边去
慢点儿，慢点儿，我都喘不过气了
哎哟，你看
这是芍药，拿着
哎呀，你看
这是玫瑰，给你
别走了
咱们干脆就在这河边的草地上
躺下，望天，晒太阳

啊啊，你的胳肢窝
真是暖和呀
啊啊，你的胸脯
又软又香啊
啊啊，咱们就变成天上的鸟儿
一起飞吧

啊啊，咱们就当是那两朵云彩

一起飘吧

如果天天都是上巳节

这人间，就太有意思了

"嘘，小点儿声，可别让人听见。"

已经晚了

你们的情话

早已被采诗官听到

并且刻进了《诗经》的竹简

害得后来的读书人

一边兴高采烈地诵读

一边害羞地咕哝着"郑声淫"

甚至让两千多年后的一个诗人

直想一头扎进

你们曾经嬉戏过的河水里

流回到

春秋时期的郑国郊外

那个上巳节的

草丛之中

英雄雄与大地

p95~p202

高与低

低，低，低
低下去
低下去
种子，只有低于大地
才能进入赖以生长的土地
大海，只有低于江河
才能汹涌澎湃浩瀚无际
焦裕禄书记啊
你从革命队伍中走来
你懂得
谁把人民看得很高很高
人民就会把他高高地捧起举起
谁把自己放得很低很低
人民就会把他深深地装在心里
这是革命的政党获胜的奥秘
这是执政党需要懂得的道理

于是，你低

把自己低成一粒种子

低于草

低于庄稼

低于脚底板

你匍匐在兰考的大地上面

听，静静地听

你听到灾荒的田野在呐喊：

抗击风沙，走出内涝，压住盐碱！

你听见困苦的百姓在期盼：

俺想有房住，有饭吃，有衣穿！

于是，你低

把自己低成人民的儿子

低过草屋的门框

低过农家的灶台

低过孤寡老人的炕头

在风雪苍茫的夜晚

你满身雪花，大步向前

走到群众中间

送去救济粮

送去救济款

送去党和政府的温暖

于是，你低

把自己低成一名公仆
化作一把铁锨
化作一片泡桐
化作一张蓝图
你在风沙肆虐的土地上
奔走着，耸起山一样的铁肩
用疼痛的肝脏
堵住风口
用奔涌的热血
压住流沙的漫延

啊，我们的焦裕禄书记
你就这样
躬下身子，捧着心肝
阐释着"公仆"的定义
而大地和人民
用森林般的手把你高高地举起
让你
高过丰收的麦浪
高过粗壮的泡桐
高过五彩的云霞
高过天上的太阳
高成一尊光芒万丈的铜像

啊，我们的焦裕禄书记
此刻，我们来到你的面前

99

你是一双深邃的眼睛

在默默地

看着我们

你是一面明亮的镜子

在静静地

照着我们

你把一张深刻的问卷

无声地

摊在我们面前

哦，你在问：

"你是谁——

是人民的公仆，

还是高高在上的官？

你从哪里来——

是来自火热的社区和葱茏的田间，

还是闹哄哄的牌桌和醉醺醺的酒宴？

你往哪里去——

是正在踏上困难户的门槛，

还是坐着轿车去拜会一个大款？

你心里装着什么——

是小我小家的安乐，

还是天下百姓的悲欢？"

哦，让我们每个党员

把双手放在胸口

向着天

向着地

向着党旗

想一想该如何回答这些问题

其实，答案早就放在那里——

焦裕禄书记啊

你用全部的心血和一生的汗水

解答了执政党需要永远解答的问题：

关于高与低

关于种子与土地

关于公仆与主人的关系

英雄三重奏（诗剧）
　　——献给李文祥

引子

在范县白衣阁乡北街的村口
八十七岁的李文祥
像成熟的谷子
与他的村庄一起
站成一把竖琴
时间的风
将他弹奏

隆隆的枪炮，嗡嗡的钟声，咚咚的心鼓
这是英雄交响曲
这是人生三重奏
让我们

把心灵拉成追寻的耳朵

静静地听

听老英雄李文祥

暴风雨般的心音

听老农民李文祥

定音鼓似的脚步

第一声部　平凡

他曾经是那样的平凡

平凡得就像豫北平原的蒿子

像黄河岸边的苦苦菜

这个农家娃子

只巴望着

有饭吃，有衣穿，有地种，有羊放

可是水旱蝗汤将他

当作树皮草叶蒸煮和颠荡

官府和兵匪像重重大山

阻断了他的梦想

他听过北山愚公的故事

那个倔老头啊

面对挡路的大山

挥动铁镐

挺直脊梁

把生命削成扁担

对命运进行坚决的反抗

讲这个神话的

是王屋太行和亲亲的爹娘

咆哮的黄河

以大合唱的形式

将这神话演绎成英雄交响

摇曳的青纱帐

与造反的庄稼一起激情地宣讲：

"是人，就要活得像个人样！"

不识字的李文祥

听懂了这一切

他从黄河岸边出发

将草籽一样的生命

凝成子弹

呼啸在人民解放的战场

济南城头爆破

淮海战场肉搏

不怕死的李文祥

在"共产党员站出来"的呐喊声里

开始了人生考量：

仗，为谁打？

命，为谁活？

为什么"共产党员"这几个字

总是像冲锋号那样

让人热血激荡？

入党誓词，像长江边上

盛开的油菜花，把这个

战神般的中原汉子的心灯点亮

革命战士李文祥

记住了解放全中国的光荣使命

共产党员李文祥

牢记为人民服务的崇高理想

渡长江

战上海

攻福州

直至把红旗插到平潭岛上

枪林弹雨中

一枚枚闪光的勋章

闪耀着李文祥生命的壮怀激烈

连天炮火里

一张张大红奖状

记录了李文祥人生的壮丽篇章

啊，信仰的巨臂就这样

把一个平凡的人

托举到英雄的殿堂

第二声部　平静

解放了
天空归于平静
大地归于平静
日子归于平静
掸去征尘的李文祥
满身勋章的李文祥
来到美丽的南方城市
这里
有温暖的香风，有明媚的阳光
有常青的绿树，有动听的鸟唱
他在这里娶妻安家
美好的生活舒适安详

有一天，支农的动员令
像战鼓在耳边擂响
他的血
腾地燃烧起来
他的魂
像醒来的鸟儿展翅飞翔
啊，当年闹革命
还不是为了让更多的人
有饭吃，有衣穿，活得像模像样？

现在，推翻了三座大山
贫穷却依然像虎狼
挡在我们前进的路上
报名，报名，赶紧报名
就像当年踊跃参军那样
他按下带血的手印报名返乡
去开辟战胜贫穷的战场
他忘记自己是特等功臣
忘记自己是十八级干部
他要像蒲公英的种子那样
飞到
最适合发芽的地方

家乡穷啊，日子苦啊
曾经赴汤蹈火的人
还害怕贫穷吗？
从死人堆里爬出来的人
什么地方不能把日子安放？
返乡的李文祥
藏起勋章奖状
广袤的豫北平原啊
像沉默的父亲
向他伸出温暖而有力的臂膀
他化作一豆宁静的灯光
照亮村庄
照亮母亲的脸庞

107

从此，发放工资的花名册上

少了一位少尉连长

而在黄河岸边的白衣阁乡

多了一个生产队长

那时候，从愚公家乡

传来建设红旗渠的隆隆炮响

伴随着开渠的炮声

他将满腔热血

化作村头大钟的轰响

他再次吹起冲锋号

冲杀在消灭贫穷的战场

他用比雄鸡还早的呼唤

唤醒黎明的村庄

他以挖河工地上的劳动号子

融入战天斗地的大合唱

从此，在享受优待的人群中

少了一位特等功臣

而在黄河岸边的沙土地上

有了一个为群众奔忙的李文祥

他知道，就在豫东的沙窝窝里

一个叫焦裕禄的县委书记

正用身躯和血汗

为人民挡住风沙和饥荒

他追随焦书记的脚步

日夜守护葱茏的秧苗
让大地涌出珠玉般的稻米
去喂饱乡亲们丰衣足食的梦想

啊，平静的心是压缩机
把满腔忠诚浓缩成爱的种子
这种子
播进脚下的土地
就能爆发出热血般的能量

第三声部　平常

如同一部交响
从高音滑向低音
如同落地的子弹
变回种子的模样
返乡的李文祥
咀嚼着寻常的瓜菜
品味着日子的平常

不识字的李文祥
从平坦的田野
从平静的树木
从平实的庄稼
从平淡的日子

从平缓的乡音
从平和的脸庞
认识了横平竖直的"平"字
哦，这是生活原本的模样
于是，他从军功章的高光中
退回到乡村屋檐低矮的灯光
他从香风扑面的南国花丛
退回到黄河岸边田野的苍茫
他从生产队长的位置
退回到普通农民的责任田上
他从找上门来的优待中躲开
退回到物欲找不到的地方
农民李文祥就这样
退成澄澈
退成清亮
退成清醒
退成坦荡

读懂了"平"字的李文祥
又掂出了"常"字的分量
哦，那是常理的"常"——
人不能变成索取的手掌
人必须用汗水换取口粮
他把责任当作常理
练就担当的臂膀
他用这臂膀

搀扶父母，抚养妻儿

扛起一村百姓的衣食安康

哦，那是常态的"常"——

岁月像大海消消长长

万物循节令春种冬藏

他把苦乐视作常态

用平常心把日子掂量

当有人为争待遇而愤愤不平

当有人因贪欲而迷失了方向

他轻蔑地转身而去

他的心

如指南针坚定恒常

他的心

像太行山坚韧守常

啊，平常是一种磨砺

生命的钻石

在磨砺中闪光

平常是一种坚守

人生的责任

在坚守中得到增强

尾声

如今，老英雄李文祥

因为一位省委书记的造访

而声名远扬

如同一块金子

被拂去岁月的风尘

熠熠闪光

然而，他后悔让书记看到那些勋章奖状

他说，这给大家添了多少麻烦

他不知道

为啥有那么多记者围着他采访

他不晓得

为啥有那么多人将他看望

他依然像往常那样

在场院里跟老少爷儿们

嘻嘻哈哈地开着玩笑

他总爱把年幼的孙子

逗得个前翻后仰

他喜欢拄着拐杖到村边去

把田野凝望

那是他百读不厌的大书啊

静默的庄稼地

有那么多生机勃勃的文章

他不知道

他那挺立的身姿

已经是一把尺子

足以把天地人心丈量

他不知道

多少人面对他平静的目光
默默地低头思量

老农李文祥
此时正放松地笑着
像一棵树
与豫北平原一起
融进天地的苍茫

你是种子，你是生命之光
——致基层好医生群体

就像一粒草籽

你来自乡间

像茵陈、车前草和蒲公英一样普通

甚至像地丁那样

低微和平凡

可是，正是你

心里装满太阳的光和热

像树木、庄稼和野草上的露珠那样

在人间

高高地举起

芬芳的灯盏

都说人往高处走

可你知道

种子

只有向下去

一直深入到泥土里面

才能舞动葱茏的旗杆

把梦想的花朵和生命的果实

高高地

举向梦中的蓝天

于是，走出大学校门的你

对着大城市那天堂般美妙的天际线

轻轻地挥一挥手

对留在大医院的同学们

微笑着，道一声："再见！"

你背着

装满书本的行囊

就像一粒

撒向泥土的饱满的种子

沿着熟悉的乡间小路

大踏步地

走回

生你养你的村庄

你的耳畔

又一次响起村东头邻居大爷

深更半夜剧烈的咳嗽声

你的眼前

又一次浮现村西头邻家小孩

突发惊厥时

整个家庭的慌乱、无助和凄惶

咱乡下人的命也是命啊

你的爷爷对你说：

"回来吧，如果都不愿当乡村医生，

咱乡下人的健康，谁来保障？"

是金子，在哪里都能发光

你的父亲对你讲：

"只要咱医术过硬，

在村里照样能干出大名堂！"

于是，就像田野里粲然绽放的迎春花

你那巴掌大的乡村诊所

在乡邻们满含期盼的目光里

在村民们的掌声和鞭炮声中

隆重开张

从此

你以诊所里日夜不息的灯光

筑起一座生命的殿堂

你诊病、打针、输液

你开出无数张免费药方

你一次又一次

为病残的孤寡老人

送饭、喂药、洗脚

一直陪伴到天亮

你还为村上的每一个人

建立了健康档案

这档案

就建在你的心上
你能随口说出每一位村民确切的心率
你清楚每一位村民当下的血脂和血糖
不仅如此
你还是全村每一个家庭的家庭医生
你的手机二十四小时开机
有人身体不适
你立马出诊
有人突发疾病
一个电话
哪怕是深更半夜
你也会像闪电一样
奔向
那呻吟的病床

就这样，你用整个身心
编织出连接千家万户的健康之网
是你
让那个在头疼中颤抖的村庄
不再颤抖
是你
让那些在脑热中呻吟的乡邻
变得安详
是你
让乡亲们以自豪的语气对外宣讲：
"俺乡下照样有神医，

小病不出村，大病不出乡！"

就这样，你背着药箱

弓着身子

像一粒种子那样

向下去

向下去

而被你悉心照料的无数乡邻

他们举起森林般的臂膀

把你高高地

捧起举起

把你捧到举到今天的领奖台上

啊，此时的你

是"你们"

你们是基层医生的代表

代表他们的精诚

代表他们的信仰

代表他们的专业

代表他们的善良

此刻

让我们大声地念出你们的名字

来吧，掌声响起来

上台，上台！

领奖，领奖！

长征路上(组诗)

在吴焕先照片前低语

知道你走了，你早早地起身
走到了比高原还高的地方
你与北斗星
在一起

今天，我来了
沿着你长征的路线
在轮回里
找你
想听你说说信仰的事情
你在故居的照片里
等着我

那么年轻，就像一颗露珠
你的眼睛
捧着太阳

原来，你是火啊

你是火，你烧，你烧
烧自家的地契和房契
你把骨头当成火炬
蘸着自己的血
和一家六口的性命
烧天
烧地
把整个大别山都烧红了

在你燃起的火光里
世界明亮
人间温暖

我看见地下的脚印

走在长征路上
我看见
在我的脚下，在大地深处
布满了像种子一样的

脚印

这是草鞋播下的
带着血的根须

我怕惊醒这些脚印
怕踩疼它们
我的脚步
很轻

那些脚印还是醒了
它们爬起来
翻山越岭，一路北上
为我的脚
带路

我的脚被那脚印染红
我
成了一支奔走的
红箭头

凝视一双草鞋

看着，看着
展柜里那双红军草鞋

颤巍巍地起身

朝我迎面走来

它满脸皱纹

浑身长满嘴巴、耳朵和眼睛

不知道它是从哪双脚上

脱下来的

也不知道那双脚如今置身何处

我知道，草鞋上的红色

是它的番号和标记

此时，这草鞋

眼望北方

侧耳听着风声雨声

它满身的嘴巴

正跟讲解员一起

滔滔不绝地

为我们讲述着

就像是一位

遇到了知音的老人

小号手站成了铜像

收腹，挺胸，鼓腮，瞪眼

在中央红军长征胜利纪念碑前

小号手
站成了铜像

他手里的军号
向着蓝格莹莹的天空
无声地
响着

我明白他的意思——
他不想让那条叫作"长征"的路
在时间的被窝里
躺下
并昏睡过去
他要让那条路时刻醒着
并按照原定的方向
奔跑
冲锋

还有，那一块
与黄土高原一个颜色的铜
之所以
以小号手的形象站立着
那也是大有深意的——
它想让那条红飘带一样的路
像小号手那样
永远年轻

通往延安的高速公路

就把这高速公路当作纪念碑吧
它
以大地为背景，以陕北为天空
带着血的红，土的黄，天的蓝
加上雪山的白，沼泽的黑，草地的绿
再掺进河水的碧，山峰的青
以路的姿态
呼啸着
朝着延安的方向
竖起来
那一个一个红色景点
和一孔一孔著名的窑洞
就是碑文

通往延安的高速公路
不是一条而是一条又一条
所以，你也可以说它是
大地伸出来的一根一根手指
掌心里
捧着红红的延安
就像众多血管
连着心脏

当然，你也可以说这条高速公路

是大地上那些指纹般粗粗细细的路

在爬过雪山、走过草地之后

拧成的一根粗壮的缆绳

它穿起城市，牵着乡村

它拽着整个地球

向着北斗星

跑去

而我

正飞驰在这条路上

大地长出了翅膀

沿着高速公路，穿过城际高铁，奔向国际机场
与浩荡的春风相伴
我徜徉在
郑州航空港经济综合实验区
如同坐在
747 平方公里大的飞机之上
在无边的梦境里
飞翔

举头我问天：
"那扑向天空的地平线啊，
为何像无数双冉冉上升的手掌？
绵延的园区和广袤的机场，
为何像数不清的天马，
朝着天堂飞扬？"
蓝天回答：

"大地正在做梦，
天是梦的故乡。"

低头我问地：
"那郑汴之间起伏的沙岗啊，
怎么像森林那样举起了臂膀？
一张普通地图，
怎么就变幻出航天飞机的模样？"
大地回答：
"泥土做起梦来，
就会长出翅膀！"

该起飞了
天地之中的中原啊
你曾是全球经济的发动机
你曾是天下最大的梦工厂
全人类的眼睛
都曾把你深情地仰望
中国之中的中原啊
你这多梦的孩子
是祖国母亲最听话的儿郎
无边的沃野
是你弯弯的扁担
起伏的山岗
是你高耸的肩膀
担起中国厨房

挑着天下粮仓

汗水摔八瓣地走啊走啊

你是丰满而坚挺的乳房

喂饱了多少代人丰衣足食的梦想

可是，我的大中原啊

不沿边、不靠海、不临江

封闭的内陆

捆绑着你的翅膀

难道粮仓只能沦为经济洼地

谁说内陆不能跳出封闭的高墙

女娲从中原腾空而起

擎起坍塌的穹苍

夸父自中原扶摇而上

追赶奔跑的太阳

黄帝在天地之中

仰观天象

列子这个浪漫的郑州老乡

凭虚御风，临空翱翔

听啊

祖先的幽灵在大声宣讲：

"要领先，必飞翔！"

当中国梦的号角吹响

中原大地

每一捧泥土都把天空仰望

中原父老

每一根骨头都想化作翅膀

智慧的中原大脑

以梦为眼，以天为窗

在郑州这片热腾腾的土地之上

找到了

跨越的路径和方向——

飞向世界

路在天上

好啊，启航，启航

中原练就了铁硬的翅膀

高速铁路的大笔

在郑州写出通向八方的"米"字

高速公路的巨龙

在郑州盘出连接世界的双井字路网

UPS 来了

俄罗斯空桥来了

走出去的是郑欧班列

飞过来的是卢森堡货航

还有东航、南航、海航

还有微软、苹果、富士康

还有菜鸟智能骨干网

国家跨境贸易电子商务服务试点

像巨型飞机着陆

轰隆隆站起个

货邮运输增速全国第一的国际机场

129

我们的航空港区啊

沿着航空经济的跑道

把彩虹般的步履迈得壮丽铿锵

建设大枢纽

发展大物流

培育大产业

塑造大都市

这一片起飞的土地

要成为连接全球的空中走廊

好啊，飞翔，飞翔

我们的航空港区啊

你以通向全球的空中航线为撑竿

要弹跳出

每年千亿元的经济增长

我们的航空港区啊

你将连片的产业园区和生态长廊

旋舞成聚宝盆

让现代产业像常春藤一样

长到高高的天上

我们的航空港区啊

你是世界物联网中的路由器

让全球的人流、物流、资金流、信息流

朝着中原流转、流动、流淌

让郑州制造、河南创造、中国梦想

流向世界每一个地方

啊啊，这飞翔的土地
正在为梦游的人类编织出
连天接地的
蹦蹦床

鼓掌，鼓掌，鼓掌
航空港区啊
祖国把你高高地捧在手上
世界以惊艳的目光将你打量
给你加油的
是滚滚黄河滔滔丹江
为你呐喊的
是亿万父老轰鸣的心脏
飞吧
飞吧
飞吧
拉起中原，高举梦想，向着太阳
飞他个
惊天动地
飞他个
海阔天长

老家河南

你已经走得很远很远
到了海涯
到了天边
可是总有一个声音
如同心跳，如同影子，如同魂儿
伴着你，追着你
在梦中呢喃：
"我从哪里来，何处是乡关？"

这是你的血液在问啊
你的父亲来了
他站在天地之中
站在自家的小院门前
指着眼前的黄河
指着身边的嵩山
指着纵穿南北的京广线

指着横贯东西的陇海线
用庄稼一样绿油油的河南话
以故乡屋檐上雨滴的节奏
回答你：
"老家，河南！"

这是你的骨头在问啊
你父亲的父亲来了
他站在云端
站在炎黄二帝的塑像前
指着奔腾的淮河丹江
指着起伏的太行山伏牛山
指着嵩岳寺塔
指着龙门石窟
用石头一样沉甸甸的河南话
以村口小河淌水的韵律
回答你：
"老家，河南！"

这是你的基因在问啊
你爷爷的爷爷来了
在轮回的那边
像观星台上的星辰闪现
指着盘古劈出的地
指着女娲补好的天
指着夸父追过的日头

指着愚公移开的大山
用青铜器一样响当当的河南话
以贾湖骨笛的音调
回答你：
"老家，河南！"

哦，老家，好老好老
像嵩山一样老
像黄河一样老
像河图洛书一样老
像三皇五帝一样老
像裴李岗的石器一样老
像仰韶村的彩陶一样老
像殷墟的甲骨文和商都的青铜器一样老
像濮阳蚌塑龙和二里头的绿松石龙一样老
像仓颉造出的文字符号一样老
像中华姓氏树上的姓氏一样老
像老子、庄子、列子一样老
像八卦、《道德经》、《易经》一样老
像浑天仪、《伤寒论》、《说文解字》一样老
哦，老，老，老
这老家
有永远也说不完的
比老还要老的老

哦，老家，老家

是家，是家

是你的家，是我的家，是他的家

是咱们华夏民族共同的家

这个家很大很大

像天那么大

像地那么大

像心灵那么大

装得下日月星辰

装得下东西南北

装得下九万里长风

装得下亿万种想法

这是岳母刺字的那个家

这里有老人们

一句句关于尽忠报国的话

这是木兰从军时走出的那个家

这里有年轻人

仗剑报国时腰板的挺拔

这个家

坚守"礼义廉耻"的家训

这个家

定下"仁爱忠信"的家法

这个家很暖很暖

暖得就像是游子梦中的炕头

这个家很美很美

美得如同花蕊

装点着花团锦簇的中华

135

来吧

让我们的心

化作趋光的飞蛾

从海涯

从天边

从世界的每一个地方

循着老家的灯光

飞回来

回到嵩山脚下

来吧

让我们的脚步

迈开归家的步伐

从四面

从八方

从祖国的每一个地方

沿着光芒一样的交通网

走回来

回到黄河岸边

对着茫茫的大中原

对着暖暖的大中原

用喉咙，用血液，用骨头，用灵魂

齐声高喊：

　"老家，河南！

老家——河南！"

在渠首陶岔想起邓州老乡

通水了

通水了

清凌凌的丹江水是亿万匹天马

披着蓝天和白云

驮起太阳和月亮

跃过陶岔波涛似的山岗

打着响鼻儿

北上

北上

朝着华北的方向

向着京津的方向

终于盼到这一天了

我那一不怕苦的大伯

我那二不怕死的二叔

我那听到冲锋号就不要命的二火山①大哥

我那看见战旗就奔跑如飞的半吊子二姐

我那在南水北调渠首

奋战了六个春秋的十万名邓州老乡啊

让我操着镢头似的邓州方言

让我扯起老北风似的儿吼②

一嗓子地

一嗓子地

把你们

从岁月的深处喊回来

把你们

从沉默的村口喊回来

哦，我还要把

为建设渠首而牺牲的一百四十一位老乡

从天堂那边

喊回来

哦，我还要把

为建设渠首而伤残的两千两百八十三位老乡

从病痛之中

喊回来

回到你们天天念叨的陶岔

回到咱们夜夜梦回的渠首

---

① 河南南阳方言，形容一个人性格刚烈、生猛、执拗，此处作褒义。
② 南阳邓州方言，大声吆喝的意思。

我的邓州老乡啊

我是替陶岔喊你们的

陶岔的山想你们了

我是替渠首喊你们的

渠首的水想你们了

来吧，陶岔的风记得你们

记得你们扎向大地的脑壳

记得你们弯弓一样紧绷的骨骼

记得你们堆得像小山一样高的板车

记得你们

拼尽全身的力、运足全身的气

把那仿佛一辈子也拉不完的土石方

从渠底

一步

一步

拉向高坡

记得你们嗷嗷叫着

以雄鹰的姿势

从连接云端的高坡

向着渠底

飞车

飞车

记得你们拉的土石方

以一立方米的规格摆开

足以绕地球一圈还多

记得你们的身影

天天在仆仆风尘中穿越

陶岔的风啊

铭记着咱们邓州人踏实的性格

来吧，陶岔的霜记得你们

记得你们向前的脚印

记得你们深深的车辙

记得你们翻飞的铁锹

记得你们挥舞的挖镢

记得哈气染白了你们浓密的眉毛

记得寒霜覆盖了你们眼前的山坡

记得你们把红薯面馍产生的有限热量

与来自信仰的无穷能量结合

把自己点燃成奔跑的大火

逼得严霜在你们面前

退却

退却

记得你们

把白霜皑皑的渠首

当作无边无际的宣纸

一遍一遍地书写心中的诗歌——

请京津喝水

让华北解渴

陶岔的霜啊

记录着咱们邓州人忠诚的品德

来吧，陶岔的雨记得你们

记得你们在雨中挺直腰杆

记得你们在雨中高唱战歌

记得你们在雨中举起红旗

记得你们在雨中往来奔波

记得瓢泼大雨

激发着你们战天斗地的豪情

你们儿吼着

向前

向前

天地间

回荡着你们的战歌

丹江水

激荡着你们的吆喝

记得你们

伴着冲锋号奔向雨中塌方的现场

记得你们

提着马灯去抢修山洪造成的滑坡

记得你们

用胸膛，用脊梁

命山洪让路

令乌云后撤

陶岔的雨啊

书写着咱们邓州人豪迈的气魄

141

来吧，陶岔的雪记得你们

记得你们四处透风的工棚

记得你们铺着麦秸的被窝

记得你们打着补丁的棉袄

记得你们结着冰碴的饭锅

记得你们

用气贯长虹的口号

融化脚下的积雪

记得你们

用心里揣着的那一团火

把石头似的冰块点着

记得你们

用雪一样洁白的石灰水

把南水北调的愿望写满山坡

记得你们

在瑞雪兆丰年的中原山岗

畅想着一江清水

滋润出一个葱绿的北国

记得你们

以大雪纷飞的工地为背景

唱一曲

先天下之忧而忧后天下之乐而乐的壮歌

陶岔的雪呀

记得咱们邓州人侠义的品格

我的邓州老乡啊

142

我的修了陶岔渠首闸的邓州老乡

我的挖出了渠首引渠的邓州老乡

我的为南水北调

割舍了两个乡镇的邓州老乡

我的为南水北调

接收了六万移民的邓州老乡

此刻

让我捧起整个丹江

以朝圣者的姿态

一步

一步

来到你们面前

走到渠首之上

眼睛般清澈的丹江水啊

认得你们的血

认得你们的汗

认得你们的直

认得你们的憨

认得你们霜雪中冒油的脊梁

认得你们风雨里开朗的笑脸

让我跟随这清清的江水

走过你们走过的雨雪风霜

像雨一样亮

像雪一样白

像风一样清

143

像霜一样爽

让我

在这奔涌的清流里

神清气爽

脚步铿锵

血脉般流淌的丹江水啊

歌唱你们的忠

歌唱你们的勇

歌唱你们的大爱

歌唱你们的担当

歌唱你们的侠肝

歌唱你们的义肠

让我捧起这滚滚江水

在你们的注视下

清我的心

洗我的肠

明我的眼

润我的嗓

让我大步追赶北上的渠水

一路向前

永不迷茫

对了，就这样

咱们一起从渠首陶岔出发

牵着身边的丹江

144

拉起南边的长江

对了，还要邀上北边的黄河

形成永无尽头的队伍

就像浩荡的丹江水一样

朝着北京

朝着北斗

朝着梦一样的远方

笑哈哈地

走啊

走啊

走成一条巨龙

走他个天广地阔

许昌叙事（组诗）

假若我是一只水鸟

假若我是一只水鸟
在许昌
不论是醒着还是睡着
我都会不停地
嘎嘎地叫着
对了，是惊叫
我惊讶于
许昌这座曾经严重缺水的城市
短短几年，竟摇身一变
成了一座美丽的水城
一个个湖泊
像一片片碧绿的荷叶

将这座城市

当作珍珠

润润地

养着

一条条河流

像仙子的一只只手臂

把这座城市

当作荷花

婷婷地

举着

是的，今天的许昌

就躺在

由碧绿的水网织成的

吊床之上

芙蓉湖、鹿鸣湖、东湖、小西湖、双龙湖、灞陵湖

还有秋湖湿地公园和北海

一个个湿漉漉的网格

是一只只清亮的眸子

把湛蓝的天空

深情地仰望

而清潩河、清泥河、护城河、学院河、饮马河

还有许扶运河

一条条纵横交织的巨网

把宝石般的湖泊

从大地上捞起

在蓝天白云和清风里

忘情地

闪烁

是的，如今的许昌

就像是荷叶上的水珠

被蓝天和大地

轻轻地

捧着

这是一座

被波光照亮的城市

菖蒲绿，荷花粉，芦花白

在粼粼的波光里

柳丝在湖畔飘荡

绿草在河边葱茏

花朵在街头绽放

太阳

在湖光里起起伏伏地跳着

月亮

在河流里蹦蹦跳跳地走着

一条条街道

像梦境一样延展着

像花园一样缤纷着

一片片楼群

像雨后的春笋噼噼啪啪地长着

像开花的芝麻一节一节地高着

在许昌

做一只水鸟是幸福的

一年四季，一天到晚

从一个湖泊到另一个湖泊

从一条河到另一条河

你只管欢快地

高叫着

翻飞着

与妩媚的笑脸们合影

从晨练的身影中飞过

随着孩子们的风筝一起飞翔

伴着老人们欢快的节奏唱歌

许昌的水鸟啊

跟这座城市一起

快乐着

与这里的市民一道

幸福着

社区里的阳光

背着深秋的太阳

我来到许昌

把一个个社区细细探访

我看见

149

每一个角落，每一张脸上
都流淌着洋溢着
明亮的、温暖的、饱满的
阳光

阳光
照亮了魏都区建安社区仇朝祥老人
八十岁的脸膛
说起当下的日子
笑容
像菊花一样盛开
像阳光一样明亮
他说起话来高腔大嗓：
　"吃得好，住得好，环境好，服务好，
开心，安康。 这日子呀，就一个字——爽！"
老人一边说着一边带着我
在社区大院边走边看
走过党员之家
走过桂菊调解室
走过爱心超市
走过宝贝驿站
走过社区医疗保健站
在社区托老站，老人指着门前的牌子
大声地念：
　"长期托养，日间照料，居家服务。"
然后发出一声感叹：

"吃啥有啥，要啥有啥，

你看，政府为俺想得多周到、多全面！"

最后，老人把我送到社区大门前

他说：

"俺社区，不光服务好，还很安全。"

果然，我看见，一个个视频监控探头

一刻不停地瞪大着眼

巡防车来回奔走

守护着社区里

梦的宁静

和日子的平安

阳光

照亮了七一社区

"红色教育社区"的标牌分外鲜艳

在社区暖洋洋的花园

第十六期老人读书会正在进行

八十一岁的黄素玉

一字一句地读着学习文件

在她的身边

有一百零一岁的黄振亚，有一百岁的辛建

还有袁忠和、何茂亭、樊然卿

以及刘桂芝、宋世昌、孙炳南……

十八位老人如一群神仙

念叨着党和国家的大事

品评着当下的岁月

他们的脸上

有阳光一样的亮

有蜜糖一样的甜

在他们身边不远的地方

居民在娱乐室下棋

孩子在游乐场游戏

晨练的人们回来了

轻风里飘扬着

助老帮困志愿服务队红色的大旗

谈心茶吧里

有人轻声叙谈

七一书社中

人们在商量出版诗集

在这个万人聚集的家园里

购物不用走出大院

用餐可以送到家里

需要什么服务和帮助

智慧社区平台随时为你登记

综合服务网络

是一双没有缝隙的手

把人们的日子

稳稳地

捧起

铺天盖地的阳光

如一道惊喜的目光

跳荡着，奔走着
照亮了
西关办事处综合养老服务中心
那一双双
沾满面粉的正在包包子的手掌
照亮了
从许继社区多功能活动室里传来的
《新时代新征程》的歌唱
满地的阳光啊
在一个一个社区里
一路奔走
走到许昌市城市管理监督指挥中心
走在许昌
每一道大街，每一条小巷
满天的阳光啊
照亮了每一张市民的笑脸
温暖着每一个许昌人的心房

听脱贫户张秋英拉家常

秋天的午后
那个名叫张秋英的女人
被人从田间喊了回来
她搓着手上的泥土
羞涩地笑着

坐在我的面前

张秋英今年四十七岁

家住鄢陵县柏梁镇黄龙店北村

说起从前的日子

泪花在她的眼睛里打转

她结婚的时候

是在一九九一年

第三年，公爹生病去世

花光了家里的钱

婚后丈夫外出打零工

生病的婆婆和未成年的小叔子

还有几个孩子

像一群小鸡围着她打转

顿顿都要吃饭，天天都要花钱

每年种地

她家拿不出肥料钱

孩子的学费更是让她作难

"这样的穷日子，啥时候才是个头啊！"

多少个夜晚

她望着茫茫夜色

一声长吁

一声短叹

有一天

镇干部来了，村干部来了

对她说：

"有一个叫五彩大地的公司，

要把村里的土地流转。

考虑到你家的情况，

作为扶贫手段，

为你在公司里找一份挣钱的活儿干干。

栽树，拔草，种花，

都是你熟悉的活计，

每月能挣两千多元。"

"真有恁好的事情？"

张秋英感到是在做梦

她望着干部们真诚的笑脸

先是揉揉眼

接着一个劲儿地把头点

当天，她就到公司上班

她把在外打工的丈夫召唤回来

也在五彩大地干活儿

一个月拿到三千多元

从此呀，张秋英一家

甩掉了沉重的担子

搬掉了贫穷的大山

脚下的路

一下子变得笔直和平坦

头顶的天

突然间变得明亮和高远

每天早上

两口子肩并肩去上班

每天傍晚

两口子哼着小曲儿把家还

说起眼前的日子

张秋英转身望着窗外

眼神

像铺展的花海

变得缤纷五彩

语调

像阵阵鸟鸣

突然清脆起来：

"俺婆婆已经八十多岁，

呃，病治好了，

身体一天一天硬朗起来。

俺把孩儿啊，

送到了私立学校。

房子？ 盖啦，前几年盖的。

哦，俺还买了轿车哩，

十三万，长城牌。

你问俺今后的想法？

就是供孩子上大学，

让老人多活几年。

你问俺的感受？

俺觉着自己真的越来越年轻，

未来的生活嘛，

肯定是越来越精彩。"

张秋英慢悠悠地说着
一缕阳光爬过门窗
照在她的脸上
她仿佛一下子年轻了十岁
红牡丹似的脸膛
亮晃晃
黑葡萄样的眸子
亮汪汪

在三十九层楼上眺望

到了，到了，三十九楼
这是许昌高高跷起的大拇指
此刻，我的目光
是放飞的鸟儿
从三十九层高的枝头
起飞
从东到西，从南到北
由近及远
旋转着
把偌大的许昌
眺望

湖泊

一个，一个，一个

这是大地蓝色的眼睛

正朝着天空和远方

望天空的蓝

望太阳的亮

望缥缈的云朵

然后，张着嘴巴

把这座城市的梦想

对着天空

细细地诉说

对着风儿

细细地诉说

楼群

一片，一片，一片

在一个一个湖泊和一条一条河流之间

在大片大片绿树和地毯似的草地之间

像喷泉一样喷薄着

像丛林一样茂盛着

看着，看着

这楼群就像是荡漾着的涟漪

向着蓝天

扩展扩展

就像载歌载舞的孩子

朝着地平线

向前向前

街道
一条，一条，一条
那傍着蓝色河流的街道
像河流那样
流淌
那瞄准远天的街道
像琴弦那样
伸向远方
川流不息的车辆
是轰鸣的音符
在大地之上
日夜演奏着
永不停息的交响
而街道两旁
一家家公司、店铺、工厂
是舞动的手臂和张大的嘴巴
在进行着一场
绵延无尽的
合唱

看啊，许昌的大地
在生长
是流水线上的电力装备在生长
是喷涌着的人造金刚石在生长

是头上的发制品在生长

是钧窑里的瓷器在生长

是从四面八方走来的再生能源在生长

是走向世界各地的高速电梯在生长

听啊，许昌的城乡

在歌唱

是轰鸣着的汽车在歌唱

是旋转的传动轴在歌唱

是流淌的纺织品在歌唱

是摇曳的苗木在歌唱

是温室的鲜花在歌唱

是地里的庄稼在歌唱

此刻，在伸手就能摸到云朵的

三十九层高楼之上

我的思绪

在一个一个轮回里飘荡

我要问生长着的许昌

你从哪里获得这用之不竭的能量

我要问歌唱着的许昌

你又何以能这样永不停歇地歌唱

哦，我听见

远去的祖先在高高的天上回答

那能量啊

来自一代一代从不安分的许昌人

开拓创新的梦想

是的，是这样的梦想

带着我们的许昌

不停地

飞翔

飞翔

飞翔

哦，我听见

滚烫的热血在无数的血管里轰响

那动力呀

来自数百万颗

马达一样轰鸣的心脏

是的，是从不懈怠的心跳

促使我们的许昌

不断地

向上

向上

向上

商丘，商丘（组诗）

商丘古城

关于商丘古城

我不想简单地叫它城摞城

我想轻轻地唤它一声——莲

你看它，在周朝就开始扎根

它的芽

拱出秦汉，穿过隋唐，摇曳在北宋

它的茎和叶子

一摇一晃地举着

元、明、清

如今它堂堂正正地以古城的名义

在万亩湖水中

砰的一声

盛开成

一朵云一样的芙蓉——

城墙是花瓣，绿树是花蕊

街衢和院落是莲蓬

在古城湖畔

一片纺锤状的竹笋在大声说：

"根在，大地必将葱茏！"

我们到燧皇陵干什么

被豫东大地

高高捧起的这一抔土

就是燧

让蹦跳的心找到燧

并与之相击

是一种既古老又现代的

取火方式

来吧，到燧皇陵

取火，取火

孔子避雨处

这芒砀山前倾的山崖
总使我想起
某位因为儿子闯祸
而向受害人鞠躬道歉的母亲

那个来自异乡的教书先生
因为这位母亲
而原谅了砍树的桓魋
不绝的弦歌就是明证
而那位母亲
依然歉疚地弯着腰
护着
那群读书人

芒砀山的腰弯着
豫东大地
才得以挺拔地站着

在庄子文化馆

庄周老兄，这个文化馆

莫非是你的又一个工作室？

我走了很远很远的路来看你

而你

只拿出几只塑料蝴蝶

支应了一下

自己则继续以铜像的姿态

高卧不起

我知道你的工作就是做梦

此时，你我之间

隔着

一重一重透明的梦

不知是你在我的梦里

还是我在你的梦中

也许是梦在做梦

梦

在创造人生

有一天，我在梦里遇见你

你对我说："我不吃饭，只吃光线。"

那时候，咱们手拉手

深一脚浅一脚地走着

就像一对孪生兄弟

一个恍兮

一个惚兮

165

梁孝王陵

这王陵是一张
被滔天的欲望撑开的口腔
劫掠者，盗墓贼
勤奋得像翻飞的牙刷
一次一次
用欲望为欲望消肿
如今，它只剩下一个空壳
却依然是
欲望的标本

这空空荡荡的大嘴巴
黑得
连风和光都不敢进入
却不停地回荡着
惊叹声

是谁
在里头醒着

在壮悔堂听到了一声叹息

人生在世
谁没有几件追悔莫及的事情
就像曹雪芹老兄感叹的那样
愧则有余，悔又无益
趁尚在壮年，还来得及
那就写吧
把一切的悔恨和悔恨的一切
都吐出来
最后
当你把人生最硬的那一根刺
咔嗒一声
咯出来
捧在手心里掂一掂
那不过是一声
轻轻的
叹息

八声潮州(组诗)

牌坊街

那一群名字峨冠博带地走来
以石头的姿态
在潮州的太阳下
站得
横平竖直

这是潮州竖起的一排大拇指
如果看懂了这手语
你就起身
笔直的大路，是敞亮的门窗
朝着远方和高处
开

开

开

街边的潮剧
正一腔一腔地打着
赞美的节拍

被收藏的滋味

在潮州华夏博物馆
那些老物件
突然
被我和那些人的脚步惊醒

老物件们
伸出比尘埃还要繁密的手掌
在我的心上
打着一个一个戳子
我知道，它们是想收藏我
我还知道
每一个收藏过它们的人
都会是它们的藏品

我急于逃脱
可是已经来不及了

我那戳满了戳子的心
竟然挣脱了我
扭头往博物馆深处走去

我站在门口
不知道接下来该怎么办

怎样才能成为一株单枞

那株凤凰单枞
跟清流先生一起
在潮州澹浮院的大厅里
坐下

单枞啊，不知道你是从哪个山坡出发
拐了多少个弯才走到这里来的
在你的面前
我变成了
一张嘴巴

我拉起你云朵一样的香气
我捧着你月光一样的汤色
蹑手
蹑脚
走进你的根

沿着树干和树枝

走向树叶

然后沿着叶脉

走向风，走向天空

单枞啊，你是大地的一根天线

你召我来，是为了

让我听天与地的对话

所以，关于工夫茶先苦后甜之类的哲理

已经无关紧要

我关心的是

怎样才能成为一株单枞

安静地站在

潮州的某个山坡上

远眺广济桥

省略号，破折号，省略号

你看，广济桥以韩江为题

为世人出了这么个试卷

呃，这试卷本身

竟然包含着答案——

关于存在的本质，关于命运的真谛

它还是一段偈语——

关于无与有、有与无
以及无中生有、有归于无、无为有处有还无

这是一切
都是我远眺广济桥时的一些想法
广济和尚走了，韩湘子也走了
没人给出标准答案
那么，咱们就随便猜吧
潮州人很好
猜错了
也不会罚款

听潮州方言

我的千年前的老乡啊
我是河南人
却听不懂你的话
我知道
你把嵩山一样老的中原话
一直含在嘴里，都含成了化石
你的舌头
挑着黄河水一样浓的乡愁
在遥远的潮州等我
而我的耳朵
走着

走着
却把乡音走丢了

让我背起耳朵
从千年前的黄河岸边
回过头来
跟随你的舌头
走进你的心头

泥巴在吴光让的手上投胎

那个午后
我看见沉睡的泥土
在潮州，在大吴村
慢慢地醒来

醒来的泥土
变成颤颤的血肉
在那个叫吴光让的人的手上
投胎

吴光让像女娲
他可以使一块块泥巴
成为男人和女人、老人和小孩
让他们哭，让他们笑，让他们说，让他们闹

让他们

走动，蹦跳，舞蹈

此刻，如果吴光让愿意

他完全可以捧起地球

再造一个

世界

海上牧场的飞鱼

这里的鱼，一定是

把云彩

当成了花朵

把太阳

当成了向日葵

把天空

当成了龙门

把大海

当成了草地

所以它们才会像蚂蚱一样

蹦着

跳着

飞着

呃，你看这些飞鱼

它们分明是
千千万万个舞动的笔尖
正将潮州的海上牧场当作画布
画着一个一个的梦

我看清了，这其实是一幅
梦一样的动画
被飞鱼牵着
在动
在动

走在龙湖古寨的街巷里

绕过池塘
跟古榕树打个招呼
穿寨门，走三街，过六巷
我突然发现
这里的先人并没有走
他们正像古榕树的根
穿透
一个一个朝代
把时间扎成井
连天接地的府第、祠堂和民居
正是他们的脸谱
他们在时间里

端坐

在龙湖古寨每一个屋檐下
都有成群的影子在拽我
在每一个厅堂上
都有嗡嗡的声音在回响
连那些青石板
也都在
谈天说地，讨论风水，推演九宫八卦

这不是梦，而是一种
实实在在的经历
不信，你就到潮州的龙湖古寨走一走
那些状元、探花、进士、大夫、翰林、太卿、御史、侍郎
还有阿婆、先生
还有从永乐年间一路走来的寻常百姓
一定会在街边某个石条上等着你
他们会像那个叫作吴福昌的汉子一样
大汗淋漓地一路陪着你
眉飞色舞地
说说说

黄埔光阴（组诗）

南海神的话语

在广州扶胥港
面朝珠江，眺望大海
我突然明白
这古港口是南海神的嘴巴
红黄色石阶
是它亮出的舌苔

海不扬波
是出海人的祈祷，也是南海神的承诺
它真正的意思是——
踏波，出海
这句话，翻译成现代汉语就是——

开放，向外
用广东方言说出来就是——
闯荡，发财

南海神波光粼粼的话语
在奔走了千年之后
如今沿着海上丝绸之路
经印度洋，过南海，到珠江
风一样跑了回来
在南海神庙前的广场上
以石牌坊的口型和木棉花的口音
说着，说着
珠江点头：
"明白，明白。"
大海回应：
"放开，放开！"

黄埔军校

看着，看着，这黄埔军校
分明是一杆长枪——
校门是枪口
甬道是枪膛
救国救民的信仰是准星
教室和操场是弹夹

一身戎装的师生是金色的子弹
满怀一种叫作革命的火药
射向反帝反封的战场

此刻，从光阴的这一端回望
我发现，当年从这里射出的子弹的
轨迹和落点
或左或右，或前或后
这与风向和扳机有关
而这条枪
却是笔直的
就像榕树撑着天空
这枪
是从不弯曲的脊梁

那些人都到哪儿去了

生动的面孔，忙碌的身影
以影像的方式挤满了
广州科学城展厅里的一面墙

说不出他们的姓名
道不出他们的职务和职称
他们有一个共同的名字：
科学城的建设功臣

179

那些人都到哪儿去了

走出展厅，我突然想到——

就像血滴化作了能量

就像汗珠滋润着泥土

他们是种子

在光阴里发芽生根

长成了马路，长成了楼群，长成了街道

长成了

雨后春笋般的新城

如同这座城市依然在长个不停

我看到

那些面孔，那些身影

正像梦境那样

从那墙上走下来

在羊城明亮的阳光下

奔走，奔走

沿着科学城升腾的轮廓线

飞升，飞升

机器人，我的好兄弟

成群的机器人

在广州巨轮机器人与智能制造研究院

严肃认真地

舞蹈，做工

看到那个机器人把沉重的轮胎

轻松地搬来搬去

我真想像前来视察的领导干部那样

大步走上前去

握着那个机器人的手，说一声：

"同志，你辛苦了！"

或是像大哥哥那样

搂着他的肩，喊一声：

"好样的，我的弟兄！"

见他正专心致志地工作着

也就不打扰他了

我是记者，看到一个机器人

把金属零件加工得像工艺品一样

就情不自禁地想采访他

见他是那样的聚精会神且宠辱不惊

也就识趣地

抑制住了采访的冲动

在机器人面前

我忘记了彼此的身份

我在心里不停地念叨——

机器人，我的好兄弟，你是真正的劳模

一天到晚，一年到头，除了工作，还是工作

你不偷工减料，不提意见，不传闲话

你不吸烟，不喝酒，不打瞌睡

你不争荣誉，不讲待遇

你不闹情绪，不需要做思想政治工作

你生来就谦虚谨慎、不骄不躁

不知道你究竟怕不怕死

但可以肯定的是

你绝不怕苦

我想，天下吃苦受累的活儿

都让机器人干了

那人类干啥呢？

对了，咱就琴棋书画，诗词歌赋

读书写作，寄情山水

呃，这岂不就是神仙的生活？

想到这里，我一把握住

陪同参观的研究院工程师的手

一起跟机器人合了个影

然后开心地

大笑起来

香，像念经那样

沉香、檀香、雪松、依兰

这群精灵，悄无声息地

潜入城中

在机器里——就像仙家在洞穴里

变，变，变

在工艺中——就像高僧在寺院中

化，化，化

然后，一个转身

在广州环亚美容化妆品博物馆

现形

此时，它们名字的后头

挂着湿淋淋的后缀——

露，水，液

然后在一个个晶莹的瓶子里

坐着，像念经那样

起起伏伏地，回肠荡气地，亮晃晃地

叹一声："香！"

我的鼻子说：

还有泥土和青苔的味道呢

我的皮肤说：

还有泉水和冰雪的清凉呢

我的灵魂说：

太熟悉了，这森林的密语

是从一万个世纪之前传过来的

那香，不做任何解释

它依然打坐，念经，像剥橘子那样

把地球翻过来，放到我鼻子底下

这一刻，宇宙，一圈一圈地

香艳

缤纷

文成声声慢（组诗）

百丈漈的石头

百丈漈的水
从蓝天和白云里
飞奔而下
冲动
激烈
即使粉身碎骨
也要到远方去闯世界

而百丈漈的石头
则静静地
坐着
望天，望云，望山，望树

等到那些远去的水
由水而云，由云而雨，由雨而溪
经历了一个轮回
再次从百丈漈的石头边经过
这些石头
依旧披一身青苔
静静地
坐着
望天，望云，望山，望树

坐着的石头
总在流水的前头

冬日安福寺

雨是自己来的
不惊动山，不惊动树
就像那个悄然走来的香客

鸟儿不惊讶，也不激动
只是礼节性地
轻声
打了个招呼

雨不急于应答
只顾以自己习惯的节奏
在树叶和竹叶上
一层一层
涂抹着
绿

而寺院
似乎没有听见风，也没有看见雨
它只是以自己喜爱的姿势
在莲花状山坳里打坐
就像头戴青灰色斗笠的野叟
坐在
飘飘细雨里

翡翠湖里的鱼

这是自己的江湖
天空、云霞、太阳、月亮和星星
应有尽有
多出来的是翠绿的山和五彩的石头
有吃有喝
这就足够了
这山溪里的鱼儿不知道大江大海
所以就无须东奔西走

尾巴

想摇就摇一下

不想摇就不摇

嘴巴

想张就张一下

不想张就不张

这一定是翡翠湖的主意

这湖

平静得就像一座教堂

使这一方山水有了信仰和秩序

水不骚动

鱼儿安静

鱼儿安静

水不骚动

整整一个上午，翡翠湖的鱼儿

只干了一件事——

呆呆地看着一群诗人

从这里

晃过

无锡偈语（组诗）

在寄畅园观雨

这雨
一定是醉了
它摇摇摆摆而来
在为江南打好底稿之后
已经收不住笔了

从樟树、朴树和榉树起笔
皴染出一团一团的绿
顺手泼洒一地花草
让大地缤纷得
哭起来

第二笔

亭

台

轩

榭

一路拐弯抹角

在涂抹假山和石径之后

在点破池塘之后

描一笔金莲

第三笔，从寄畅园飘出

拐进惠山寺，绕过祠堂群

扫过惠山古镇

唰的一声

上了惠山和锡山

接下来的一笔又一笔

是运河

是太湖

是水天之间的点点白鹭

是楼群上跳荡的天际线

结尾处

是一副偈语式短联——

无锡

有景

阿炳是一只秋虫

映山湖边那个悲愤交加的铜像不是你
阿炳，我知道
你是一只鸣叫的
虫子
而且是在秋天

知道世界是一口深井
人间已经无路
你就决定把眼睛扔了
用一把二胡当竹竿
一声
一声
摸索到
生活的边缘，那儿依旧是
深井
人看不到你，你也看不见人
人们偶尔听见你血管里的
一声两声嘶鸣
以为是风

那天，从你装修过的坟茔前走过
突然听到一声长长的虫鸣

调子

是那样的熟悉

徘徊在惠山古镇祠堂群

徘徊在惠山古镇祠堂群

就像置身于一群聊天的老人中间

门洞和院落是一张张嘴巴

对着人间和天空

一句

一句

念叨着像楹联和匾额一样

工整而庄重的话语

这些话

有的是祠堂的主人自己说的

是论语，是格言

有的是后人说的

是表扬稿，是读后感

原来，这祠堂

是家族的聊天室

或档案馆

我只是偷听了只言片语

就身不由己地

弓下腰去
我看见，在一个个牌位背后
蒸腾着
书香与血气
晃动着
仗剑吟哦的江南

在西部（组诗）

那时候，你是神兽

你是乘着塔里木河而来的
你背来一座雪山

我们是见过面的——在梦里
那时候，你是神兽
你从石头里栩栩如生地拱出来
对我说：
"磨穿粗糙而坚硬的痛苦，
剩下的，
是晶莹剔透的快乐。"

作为一块石头

你在我的手心中
不断地重复着
你说过的那句话

佛塔上的黑鸟

这是七月的一个午后
夕阳
牵着苏巴什佛寺遗址上的风
把我的身影
拽得像飘忽不定的幽灵
突然
一只硕大的黑鸟
把我的目光
引向西寺中部佛塔的塔顶

塔顶上的黑鸟
像瓜皮帽上的一粒扣子
又像是一只来回闪动的眼睛
我们相望了一会儿
它倏然朝着天山的方向飞去
而原地不动的佛塔
张大空空荡荡的嘴巴

远去的鸟影啊

可是佛塔
突然说出的一句话?

齐兰古城的风

都走了
那些曾经往来于此的
旅人、商贾、车马、士兵
还有街道
房顶
和河水一样流淌的光阴

只有
风
像留守老人那样
还在齐兰古城里住着
每天
它都会在棋盘格似的街道上
转来转去
从这间马厩到那间马厩
从这个门洞到那个门洞
一个上午
把整个古城
细细地摸上一千遍

在这个七月的午后

风

远远看见我和几个游人的身影

就立马长出翅膀

热辣辣地迎面飞来

它大概是想跟我们说点什么

却突然不知所措起来

捂着脸

团团打转

哗啦啦的沙尘

是它飞旋的衣衫

胡杨

一身尘土般邋遢的衣裳

爪子似的嘴巴

刨食每一滴营养

胡杨啊

你空碗似的肚子里

盛着饿

可你苦撑着

坚决不肯倒下

你把命

搓成破棉絮似的种子

这是你的孩子
你对他们说：
世间的道理千万条，
归根结底只有一个字：
活！

在阿克苏
面对胡杨树
我想起了自己的母亲

草地上长出一匹马

在巴音布鲁克
草地上
慢慢地长出了一匹马
猛一看，就像是花丛里
长出了一朵棕红色蘑菇

没那么简单——
马背上还有一个人
人的背后还有一群羊
羊背上驮着一片瓦蓝的天
天捧着一朵一朵懒洋洋的云
云的头顶
还有一座一座

庙宇一样的雪峰

马的出现
构成一个事件

葡萄里的雪山

到了吐鲁番我才知道
雪山
是大地的乳房
葡萄
把嘴巴伸得
比葡萄藤还长，跟渠水一般长
于是，一部分雪山
就被吸进葡萄里去了

葡萄里的雪山
虽说依然保持着水滴的形状
却已经不能再叫它水了
巧言令色的鸟儿
用尖尖的语调大声说：
"太阳，太阳，
最甜最甜的太阳！"

那拉提在荡漾

以身边这座白色毡房为圆心
那拉提
在一圈一圈地
荡漾

离我最近的
是花和草
还有阿娜古丽，她看上去五六岁的样子
从毡房背后突然跑出来
躲在哥哥身后
偷偷地看了我和我的同伴们一眼
捂着嘴，羞怯地笑着跑开了
然后，她跟那只花蝴蝶一起
围着我们打转转
她的哥哥跟我们说着话
她的奶奶一声不吭，眯缝着眼睛在生火
袅袅的炊烟
香香的
像是在跟我们打招呼

十米开外，或者更远一点
是牛、马和羊

没数清它们的数目

反正是一群一群的

或站，或卧，或吃草，或望天

不知道它们在想什么

但我们知道，那个中年男子

一定是想让我们

骑骑他牵着的那匹红棕马

这大概也是马的想法

它朝我们昂起头，打了个响鼻

它似乎认得照相机

第三圈

就该是那条清凌凌的小河

没听清它在咕哝什么

它的话语，把那一带的花草

逗得浑身发抖

花草们

一口气跑上山坡去

似乎想要躲到雪山背后

第四圈

当然就是雪山了

雪山把自己当作一幅画挂在蓝天上

它觉得，这是它应该做的

于是就谦逊而安静地

站在那里

就像景区的服务人员那样

不知道接下来的一圈一圈该怎样描述
也许该说说那条亮晃晃的公路
还有公路要去的那个镇子
其实，这时我最想说的
是这里的气味
野花和青草就不用说了
我要强调的是——
连牛粪
也是香的

后记：一切都基于爱

我知道我在干什么。

这是在为经常向我约稿的朗诵家朋友，编一个适合在重要的节庆或节日为广大民众朗诵的诗歌选本；

这是在为总是给我出"命题作文"的媒体和朋友，递交一个诗歌"作业本"；

这是在为我所走过的大地——祖国的山山水水、城市和乡村，以及这大地之上的英雄和亲人，装订一个诗歌"留言簿"。

当然，这更是在为那些抱怨"读不懂诗歌"的普通民众，奉献一个读得懂、读了之后可以提神的诗歌读本。

我承认，这里头的绝大部分诗歌，都是"命题作文"。

自从2014年出版了新闻诗集《诗说中原》之后，特别是在2016年淡出新闻界之后，我以为自己作为新闻人的使命已经完成；没想到，总有一些媒体和朋友找到我，要我用诗歌把某项工作"报道一下"，把某某经验"宣传一下"。看起来，要彻底摆脱新闻人和新闻诗人的角色，不是一件容易的事情。

本来，我决心成为一个"纯粹的诗人"，可是总有一种力量使我无法彻底"纯粹"。

那是 2016 年 11 月的一天，我的一位在许昌市政协工作的老同学突然打来电话，说是想让我帮他一个忙。 原来，他们那个城市到了年底，照例要召开四大班子领导和各界精英参加的"新年茶话会"，会上除了领导讲话，照例还要有文艺节目。 但问题是，领导提出来，今年要改变一下茶话会的形式，也就是要用一种新颖的方式，艺术化地总结过去一年的工作，部署下一年的工作，甚至还要描绘今后一个时期的蓝图，目的是唤起广大干部群众的自豪感，激发人们昂扬的斗志。 这个任务落到了我这位同学身上。 我的这位同学是一个有创新精神的人，他打算把茶话会搞成一台同时具备新闻元素、诗歌元素和影视元素的大型交响诗朗诵会。 他知道我写过不少新闻诗，于是就请我出山，写一首符合上述要求的诗歌。

这是一个我无法拒绝的请求，甚至是一个不得不完成的任务。 一来，我与这位同学关系很好，他对我的工作给予过很多支持，我一直对他心存感激；二来，我曾经在许昌市担任过记者站站长，对这个城市十分熟悉并充满了深厚感情。 为了还这些人情，我把这个任务应承了下来。

接下任务之后，我与当时的许昌市委书记进行了深入交谈，洞悉了这个城市的发展思路、发展动力和发展逻辑；之后，我在许昌采访了一个星期，走城市、走乡村、进企业、进社区、参观博物馆和城市规划馆等，掌握了大量的一手资料，并做了足够的案头工作。 我在许昌工作过好几年，自以为对它已经很了解，但这一次的采访，依然使我感到无比震惊——震惊于这座城市的发展速度，震惊于它的现代化程度和居民生活环境的巨大改善。

在采访过程中，我发现：磅礴的诗意，其实就蕴含在生活的

204

场景中，充斥在人间的细节里。 诗人，应该是人间诗意的发现者、感受者和记录者。 于是，随着采访的深入，我的记录本上不仅写满了故事、数据和观感，还写满了创作灵感和诗歌片段。

采访结束之后，我一挥而就，写下了一首 600 多行的长诗《许昌时光》。 我自己很激动，观众比我还激动。 朗诵会现场那一阵阵雷鸣般的掌声，说明了一切。 不久，这首诗在《河南日报》以整版篇幅刊发。 当时，正是全省两会期间，刊登着这首诗歌的报纸被两会代表和委员竞相传阅，这首诗也成了人们热议的话题。

从 2016 年的《许昌时光》到 2017 年的《许昌叙事》，再到 2018 年的《许昌畅想》，每年一首，一连写了三首。 本来想着已经写尽了，没想到，到了 2018 年，我又被要求为该市"三国文化周"开幕式演出创作一首长诗。 举办开幕式那天，我应邀观看演出。 在朗诵的高潮阶段，一位坐在观众席前排的白发苍苍的老人，突然哭了起来。 这突如其来的场景，使我心里一动，他让我看到了诗歌的力量，也使我强烈地意识到：在人们普遍抱怨"读不懂诗歌"的年代，人民需要看得懂、听得懂、能走进他们心灵的诗歌。 记得我与那位约我写诗的同学曾经就"诗为谁而写"的话题，进行过一场对话。 最触动我的，是他说的这么一番话："你们作家和诗人不是把文学视作自己的宗教吗？那么，写出好的作品，就是在人间立下了功德。 如果你的作品，可以让更多人认清世界的本质，唤起对美好生活的热望，你就是一位布道者，你就有了大功德。 所以，我认为，作家和诗人，就应该为人类的大多数写作。"

在此后的岁月中，每逢重大节庆，总有媒体或朗诵家向我约稿。 这种"命题作文"，其实是很难写的。 其难度就在于，如何在指定的题材和出题人的宣传期待中，去发掘并呈现出更为宽广、更具超越性——也就是诗性——的东西。 这一点是最见功夫的，全看你是否有能力去实现由新闻事实或工作经验到诗歌的转化。 在诗歌界，对于"命题作文"显然有着不同的态度，并衍生出不同的做法和不同的效果：一类诗人是完全不屑于此类写作的，他们会直接拒绝；另一类诗人，可能不会拒绝，但他们会抱持自己想怎么写就怎么写的态度，全然不顾他人的感受，写出来的东西也就很可能与出题人的要求相去较远；当然，还有一种情况，就是写作者没有能力将僵硬的现实题材转化成打动人心的柔软的诗歌，其结果就是弄出了一堆标语口号式的非诗的东西。

每当我接到此类任务，既感到一种压力，又有一种自我挑战的兴奋感。 我就是想试一试，看自己能否做到将政治概念、新闻事件、工作总结以及新闻人物等，转化为既有政治性、新闻性又有某种启示性和浓郁诗意的表达。 在我看来，此类写作，其实是一种先锋写作，具有探险的性质。

中共十九大闭幕之后，我接到了为宣传十九大精神而创作一首诗歌的任务。 一开始，面对海量信息，我简直毫无头绪，更是无从下笔。 我一遍一遍地学习十九大精神，试图从大量的文件和新闻报道中提炼出最具本质性、最具诗意的信息。 当我的目光触碰到"日益走近世界舞台中央"这个表述的时候，眼前一亮，我立马意识到：这一表述，最能概括中华民族伟大复兴的梦想。 我紧紧抓住这一点，营造了"世界是一个追梦的大赛场"这一核心意象，进而形成了以一场场竞技比赛为喻体的意象群，并由此形成整诗的结构。 有了核心意象和主体结构，祖国巨大的建设成就和民族复兴的伟大梦想，甚至我们的百年奋斗史，就迅速转化成一个一个意象。 整首诗仿佛是一个自带编程的精神体，在成诗的过程中，一气呵成，一挥而就，酣畅淋漓，痛快无比。 这就是那首发表在《人民日报》大地副刊上的诗歌《中国，上场！》。

中共二十大闭幕之后，中国文联一位朋友约我创作一首以中国式现代化为主题的长诗。 接到这个任务之后，我不仅认真学习了党的二十大精神，还购买了30多本与中国式现代化有关的书籍，并从网上查阅了大量与中国式现代化相关的研究成果。随着研究的深入，我发现，这是一个值得用全部的心灵去感受和抒写的大题材，因为它关乎中国乃至世界的发展路径和前途命运。 于是，我把"中国式现代化对于中华民族伟大复兴及世界现代化进程的意义"作为诗的主题，想借这首诗，去激发人们对于"中国和世界应该走什么样的发展道路"这个重大问题的思考。 由此，我提炼出了"路"这个核心意象。 有了核心意象，整首诗就有了焦点，诗的整体结构也就随之确立。

我将这首1200多行的长诗命名为《现代，中国！》。

受限于我当下的认知水平和写作能力，这首诗并未完全达到我所期望的那个水准；但是，有一点，我还是自信的，那就是真诚。

我真诚地相信，中国式现代化是中华民族伟大复兴的必由之路；

我真诚地相信，中国式现代化的目标必将达成；

我真诚地相信，中国式现代化是对于世界现代化进程的一个伟大贡献。

同时，我真诚地希望，人类能够彼此相爱、和平共处、共同发展，人类能够真正地珍爱地球，人与自然能够和谐共生。

正是基于上述认知，我在写这首诗的时候，一次次流下热

207

泪。

当我为此而流泪的时候，总是想起那位为我的诗歌而流下眼泪的许昌老人，想起朗诵会现场那一阵阵热烈的掌声。我想，一首诗，既能使作者感动又能让他人流泪，不论它属于什么风格，都是有价值的。

就为了这眼泪和掌声，我觉得，应该把这类诗歌编成一个集子，让它来到人间，寻找自己的读者和知音，接受人民的评判与检验。我知道，这些诗歌命中注定是要向下去的，到民间，到正在满世界寻找自己看得懂、听得懂的诗歌的人群之中去。

我发现，这本集子收录的诗歌，其实是写给大地的颂歌：它们不仅仅写给我脚下的这片大地——中原，它歌唱和赞美的是整个中国。所以，我觉得，这部诗集也许应该叫作"诗说中国"。

我还发现，这部诗集的主题，其实只有一个字：爱。

我爱我们的中华民族，我爱我的祖国，我爱我的同胞，我爱我脚下的大地，也爱整个人类、整个地球，包括这地球上的每一只虫子、每一把泥土、每一滴水、每一棵草木和庄稼、每一缕阳光和风，还有这大地上的每一个精灵。所以，我最终选定了这个书名——《大地长出了翅膀》。

写到这里，我在内心深处问了自己一个问题：写此类"命题作文"的人，与那个从事梦幻叙事写作的超现实主义作家，哪一个才是真正的我？

我回答：这两个看似分裂的角色，其实是同一个人，是一个人的两面；这两个"我"，在"真善美"的光芒之中实现了合体。因为，那个写"命题作文"的"我"，并不是在粉饰生活，也不是在闭着眼睛高唱赞歌，而是在用善良的、理性的、理想主义的目光去寻找光明，努力证明世界和人间的可爱，用赞歌为人类探寻一个更加美好的发展方向，描绘一个更加值得去追寻的未来；而那个超现实主义作家，则是把潜意识世界中的自己当作活体标本，去进行深入的解剖和精神分析，进而寻求一条心灵疗愈和灵魂救赎之道。

这一切，都基于爱。

图书在版编目(CIP)数据

大地长出了翅膀／张鲜明著. -- 郑州:河南文艺出版
社,2025.4. -- ISBN 978-7-5559-1731-1

Ⅰ.I227

中国国家版本馆 CIP 数据核字第 2024A7M410 号

策　　划　　王　宁
责任编辑　　王　宁
责任校对　　樊亚星
装帧设计　　张　萌

出版发行　　河南文艺出版社
社　　址　　郑州市郑东新区祥盛街 27 号 C 座 5 楼
承印单位　　河南瑞之光印刷股份有限公司
经销单位　　新华书店
开　　本　　890 毫米 × 1240 毫米　1/32
印　　张　　6.875
字　　数　　162 000
版　　次　　2025 年 4 月第 1 版
印　　次　　2025 年 4 月第 1 次印刷
定　　价　　68.00 元

印厂地址　　河南省武陟县产业集聚区东区(詹店镇)泰安路
邮政编码　　454950　　电话　0371-63956290